復元版覚え帖

甦る放浪記

HIROHATA Kenji
廣畑研二

論創社

まえがき―放浪記の謎と秘密―

林芙美子の代表作放浪記には謎が多い。いや多すぎると言うべきかも知れない。現在流布している新潮社版第一部・第二部は、改造社初版本とはまったく異質な別作品である。また、芙美子存命中でさえ15種の版本が存在することの謎は解明されず、各版本における大幅なテキスト異同は、これまで著者自身の自発的な改稿と見られてきた。だが、事実はそうではない。検閲制度の下では、改版のつど改めて再検閲がなされる。初版で問題なく発表できた用語や描写であっても、改版時に伏せ字が施される場合があり、放浪記のようなベストセラーも再検閲から自由ではない。現に、昭和14年版（新潮社）では、それまで発表できていた用語や人名に新たに伏せ字が施され、不自然な改稿がめだつ。著者自身の自発的な改稿でないことは明らかである。

そしてその検閲当局の姿勢の変化は、日中戦争の進行という時局の変化を反映したものであり、放浪記のテキスト異同の核心的部分は、戦争と検閲によって歪められた結果と理解せざるを得ない。絵画や彫刻などの美術作品においても、戦乱や風水害による破損・劣化につき修復を要する場合がある。

洋館時代の芙美子

放浪記の場合、初版本にすら20ヶ所以上の検閲による傷跡があり、加えて30銭という廉価版のため著者校正など経費のかかる作業はしていない。たんに初版本を復刻することだけでは原作本来の姿を甦らせることにはならないのである。そこで、検閲による伏せ字のすべてを復元し、誤字脱字を補正し、不自然に改稿されたテキストを修復した『林芙美子 放浪記 復元版』（以下、復元版）を刊行したのであった。本来ならば、復元版テキストに、修復・補正・復元した部分を注記すべきところではあるが、絵画や彫刻作品に修復部分を示すと逆に美術作品としての価値を損ねてしまう。同様に、注記の多い文学作品は美しくない。そこで、本書においてその補正部分を示すことにしたのである。巻末の年次考証とテキスト校訂一覧を参照されたい。

とはいえ、オリジナル原稿が出現したわけではない。15種の版本を比較校合したからと言って、伏せ字のすべてを容易に復元できるわけではない。他の研究者が考証すれば、また異なる解釈がありうるだろう。その意味で完全な校訂復元だと断言するものではないが、原作者林芙美子に対して恥じることのない作業であったとの自負は持っている。

しかし、戦争と検閲による傷跡を修復・補正することだけでは放浪記の魅力を語ったことにはならない。放浪記は、死にものぐるいとも言うべき芙美子の文学的修練の結晶であるだけでなく、連想ゲーム的言葉遊びの手法を駆使して検閲を欺いた秘密が隠されている。その秘密を解読した結果が先の復元版であり、本書はその解読過程を明らかにする、いわば謎解き書でもある。改めて放浪記の成立史と刊行史の概要を、はじめに示しておきたい。

一、昭和5年に成立した改造社版は、関東大震災当時に起こされた数々の人的災厄に対する芙美子の怒りが織り込まれた震災文学でもある。その人的災厄とは、言うまでもなく、自警団による朝鮮人虐殺、亀戸事件、甘粕事件、そして朴烈《パク・ヨル》・金子ふみ子の大逆罪裁判である。巧みな検閲対策により、20ヶ所程度の伏せ字処分にとどまり、発禁処分は免れて大成功を収めた。

二、昭和8年の改造文庫本の刊行後、検閲当局はある出来事をきっかけとして、刑法第74条不敬罪に触れる描写を見落としていたことに気づいた。しかし、時すでに遅し。人気作家となった芙美子を不敬罪に問うには裁判という司法手続きを要し、自らの不敬表現見落としという大失態の責任も問われる。そこで検閲当局は、著者と改造社に水面下で改作を強要するのである。

三、昭和12年版（改造社）には、おびただしい改作と改稿が施されたにもかかわらず、芙美子は「あとがき」において、「あまり手を入れませんでした」と、事実とはまったく異なることを述べた。これまでこの不可解な「あとがき」は謎のまま不問にふされてきたのだが、検閲当局による強制された改作だったからこそ、このような反語的表現をせざるを得なかったのである。

四、昭和14年版（新潮社）では、日中戦争の進行という時局のもと、さらに改作が強要され、作中人物の一人山本虎三《やまもととらぞう》の名前までが伏せ字されるという事態が生じた。平林たい子の前夫山本には、冤罪ながら不敬罪の前科があったからである。

五、昭和16年版（改造社）では、作中に引用された石川啄木の歌までもが抹消された。もとより、改造社と芙美子の本意ではない。そのことは、「どうしてもと云はれる書店の求めであれば、眼をつぶつて出すより仕方がない」と苦衷を述べた芙美子のあとがきに表れている。「どうしても」

と改作を強要したのは改造社ではなく、検閲当局と考えるほかない。こののち、日本は対米戦争に突入し、改造社は横浜事件に連座して解散させられた。

六、昭和21年版（改造社）は、憲法公布にあわせ、横浜事件で解散させられた改造社と、芙美子による放浪記の復活・復刊版である。昭和5年版に施された伏せ字の半分を復元した。全部の復元ができなかったのは、オリジナル原稿が失われていたからであり、残る半分を著者に代わり復元することが、校訂復元版刊行の目的であった。昭和22年新潮文庫本は改造社版とは大きく異なる。

七、昭和22年5月に連載が開始された放浪記第三部は、表現の自由と検閲の禁止を明記した憲法第21条の産物である。しかし、芙美子は第三部を完結させたのち、第四部の一部を執筆したものの、東京裁判の終結と同時に連載を中断し、残された余力を敗戦文学たる浮雲の執筆に向けた。したがって、放浪記は芙美子と改造社による、対検閲20年闘争記録でもあり、浮雲は形を変えた放浪記第四部完結編であったのかも知れない。

以上の理解は、一つの仮説である。しかしながら、このように刊行史を理解すると、伏せ字の原テキストだけではなく、文脈上合理的でないと感じる言葉が検閲対策技法としての置き換え言葉であることも分かってきた。その置き換え言葉の前後には、本来用いるべき言葉を連想させるキーワードがはめ込まれており、再検閲でそのキーワードすら削除されたことが、かえってその意味を気づかせてくれた。類語を連想ゲームのように駆使する言葉遊びの技法は、検閲対策の産物でもあったのである。林芙美子と放浪記の眞価を読み直していただきたい。

目次

まえがき――放浪記の謎と秘密―― i
第1節 名付け親は石川三四郎 3
第2節 石川啄木と村山槐多 8
第3節 言葉遊び（一） 数字遊び 16
第4節 言葉遊び（二） 連想ゲーム 26
第5節 指のない淫賣婦 36
第6節 関東大震災と二人のフミ子 48
第7節 南天堂とアバンギャルド 58
第8節 アメチョコハウスと宮崎光男 64
第9節 野村吉哉（一） 訣別の言葉 72
第10節 野村吉哉（二） 貧乏詩人の日記 80
第11節 野村吉哉（三） 童話時代 90
第12節 平林たい子と山本虎三 98
第13節 浅草ホーリネス教会 112
第14節 文学は波濤を越えて 120

第15節　少女の友・新女苑と内山基　128
第16節　わが身上相談　140
第17節　空飛ぶ魔女　北村兼子　148

あとがき——林芙美子の文学人生——　157

『林芙美子 放浪記 復元版』年次考証　163
『林芙美子 放浪記 復元版』テキスト校訂一覧　181
参考文献・資料　208
人名索引　216

凡例

一、『林芙美子 放浪記 復元版』では、原作通り正字（旧字）を用いたが、本書では原作を引用する際、必ずしも正字にはこだわらない。

二、年次表記につき、各節のテーマごとに西暦表記と元号表記を使い分ける。日付の表記についても、アラビア数字表記と漢数字表記を併用する。

三、放浪記の単行本原作の題名は、『放浪記』、『續放浪記』、『放浪記 第三部』だが、本書では便宜上、「第一部」、「第二部」、「第三部」及び「未完の第四部」と表記する。

四、本書の各節構成は、必ずしも放浪記の構成に準じたものではない。興味のある各論から個別に読んでいただくことも可能である。

※「まえがき」と第17節の写真は、新宿歴史博物館所蔵。第9節の『現代文藝』は、昭和女子大学図書館所蔵。第4節及び第13節のスナップ写真は、浦野利喜子《うらのときこ》氏所蔵の雑誌『むらさき』原本を利用させていただいた。

甦る放浪記　復元版覚え帖

第１節　名付け親は石川三四郎

『放浪八年記』扉

放浪記の数多い謎のうち、改造社の初版本が改作されてゆく過程については解明した積もりではあるが、その改造社初版本に結実するまでの創作過程は、依然として謎が多い。著者芙美子は、最晩年の回想において、神戸雄一《かんべゆういち》主宰の雑誌に連載したことがあると言うが、不明と言うしかない。今のところ、放浪記の原型と言える初期の作品は、渡邊渡《わたなべわたる》が主宰した雑誌『太平洋詩人』（大正15年12月号）で発表された「秋の日記」、及び『文藝戦線』（昭和３年３月号）で発表された「洗濯板――一つの追憶から――」などがある。

前者は、『女人藝術』（昭和３年10月号）に収録された「秋が來たんだ」の前半部分とほとんど同じ設定の日記形式だから、初出原型であることは確かである。

後者は、『改造』（昭和４年10月号）で発表された「九州炭坑街放浪記」の習作的原型と言える。惨めな少女時代の「追憶を洗濯して」昇華しようという表題に、芙美子が得意とする具象表現がすでに表れている。内容も「九州炭坑街放浪記」と共通する。今後も、原型的作品は発掘されるだろうし、またそうでなくてはいけない。本書においてもその探求成果の幾つかを紹介する。

さて、放浪記の名付け親は三上於兎吉《みかみおときち》ではなく、石川三四郎《いしかわさんしろう》だと言うと、諸家のお叱りを受けるであろう。三上自身が周囲の人物にそのように語っただけでなく、放浪記を世に出した『女人藝術』の関係者も一様に、副題を放浪記としたのは三上だと回想しているからである。また、『太平洋詩人』（大正15年12月）に掲載された「秋の日記」には、放浪記という副題はない。よって、主題は著者本人が考案するのは当然としても、副題に放浪記とつけたのが三上だとする理解に異を唱えようとするものではない。放浪記という副題は、三上自身の考案ではなく、三上が石川三四郎の作品にヒントを得て、芙美子に勧めたものというのが、私の理解である。その作品とは、石川著『放浪八年記』（大正11年3月、三徳社）である。

そのように推理する理由は、たんに表題が似通っているという安易な連想からではない。もう一つの石川の著作に、その理由が明瞭に語られているからである。そのもう一つの著作は、石川著『一自由人の放浪記』（昭和4年8月、平凡社）。その序文において、石川は次のように述べている。


本書は、著者が尚ほ佛國にありし時に出版せられた『砲聲を聞きつゝ』と、再渡歐中に出版せられた『放浪八年記』と、更に歸國後にものした幾種かの思ひ出とを集めたものである。こうした舊物は宜しく日蔭に隠し置くべき筈のものであるに相違ない。然るに此頃、文壇の流行児三上於兎吉氏から頻りに此書の再出版を勧告せられ、氏自ら種々と御世話下さつたので、再び好日を見せて貰ふことになつた。

この序文に疑いをさしはさむ余地はない。三上は、石川の『放浪八年記』（大正11年）を愛読していた。そして、二度の渡欧から帰国した石川に再版を勧め、その結果、刊行されたのが『一自由人の放浪記』（昭和4年）であった。石川の『放浪八年記』は、大逆事件の後の「冬の時代」、日本に居所をなくした石川がヨーロッパに亡命した「八年間」を綴ったもので、「ヨーロッパ亡命放浪記」と言える。これが、男の海外放浪記ならば、芙美子の作品は女の国内放浪記ということになる。奇しくも芙美子の少女放浪時代は、大逆事件と同年に始まった。三上が石川に再版を勧めていた同時期に、『女人藝術』に持ち込まれた芙美子の作品を見て、副題に放浪記を着想したと考えるのが自然である。ゆえに、放浪記という名は三上の考案ではなく、石川三四郎著『放浪八年記』に由来し、三上は名プロデューサーとして、その名を芙美子に引き継がせたというのが私の理解である。

私が石川三四郎の著作に着目した直接の理由は、芙美子の第一詩集『蒼馬を見たり』（昭和4年6月）に寄せられた石川と辻潤《つじじゅん》の序文にある。詩人辻潤が詩集に序文を寄せるのに何の不思議もないが、詩とは無縁の石川に、第一詩集への序文を依頼するところに、芙美子の石川に対する敬慕の念を感じたからである。石川の序文は芙美子の作品集には収められていない。本書で改めて紹介したい。ここにも「放浪」という言葉が使われ、石川の芙美子に対する眼差しが、鋭くも温かい。

序

芙美子さん
大空を飛んで行く鳥に足跡などはありません。淋しい姿かも知れないが、私はその一羽の小鳥を譯もなく贊美する。

同じ大空を翔けつて行くやつでも、人間の造つた飛行機は臭い煙を尻尾の様に引いて行く。技巧はどうしても臭氣を免れません。

大きくても、小さくても、賑やかでも、淋しくても、自然を行く姿には眞實の美がある。魂のビブラシヨンが其儘現はれる。それが人を引きつけます。それが人の心をそそります。

それです。私は芙美子さんの詩にそれを見出して感激してゐるのです。文藝といふものに縁の遠い私は、詩といふものを餘り讀んだことがありません。その私が、何時でも、貴女の書かれたものに接する度に、貪る樣に讀みふけるのです。

私は文藝としての貴女の詩を批評する資格はありません。また其樣な大それた考を持ち合はせて居りません。けれども愛讀者の一人として私の感激を書かして頂くのです。

芙美子さん、
貴女はまだ若いのに隨分深刻な樣々な苦勞をなされた。けれども貴女の魂は、荒海に轉げ落ちても、沙漠に踏み迷つても、何時でも、お母さんから頂いた健やかな姿に蘇へつて來た。長い放浪生活をして來た私は血のにじんでゐる貴女の魂の歴史がしみじみと讀める心地が致します。

貴女の詩には、血の涙が滴つてゐる。反抗の火が燃えてゐる。結氷を割つた樣な鋭い冷笑が響いてゐる。然もそれは、虚無に啼く小鳥の聲の樣に、やるせない哀調をさへ帶びてゐる。

芙美子さん
私は貴女の詩に於て、ミユツセの描いた巴里の可愛ひ娘子を思ひ出す。そのフランシな心持、わだかまりの無い氣分！　私は貴女の詩をあのカルチエ・ラタンの小さなカフエの詩人達の集りに讀み聞かせてやりたい。

だがね芙美子さん、貴女の唄ふべき世界はまだ無限に廣い。その世界に觸れる貴女の魂のビブラシヨンは是れから無限の深さと、無限の綾をなして發展しなければなりません。これからです。どうか世間の事など顧みないで、貴女自身の魂を育ぐむことに精進して下さい。それは、どんな偉い人でも、貴女以外の誰にも代ることの出來ない貴女一人の神聖な使命です。

昭和四年三月十六日夜　　　　石川　三四郎

石川三四郎著『放浪八年記』の自序は、石川の再渡欧の途次に執筆された。その再渡欧に同行したのは望月百合子《もちづきゆりこ》であり、百合子は帰国後、石川の共学社と『女人藝術』に参加する。

【放浪記校訂覚え帖】　放浪記と対をなす、芙美子の第一詩集『蒼馬を見たり』の原題は、「火花の鎖」であったようだ。これは、芙美子自身が『現代文藝』（昭和2年4月号）でそのように語っているし、石川三四郎と同じく、序文を寄せた辻潤もまた、『太平洋詩人』（昭和2年1月号）でそのことを明かしている。したがって、辻潤の序文（大正14年12月29日付け）は「火花の鎖」に寄せたもので、石川三四郎の序文は『蒼馬を見たり』に寄せたものということになる。両者の執筆日が大きく異なるのは、そのためであった。

第2節　石川啄木と村山槐多

平林たい子の回想によると、芙美子は石川啄木《いしかわたくぼく》の歌をすべて暗唱できるほどに愛唱していたという。放浪記において、芙美子は啄木の歌をそのまま引用しただけでなく、日記体の描写のなかにも啄木の歌を巧みに織り込んでいる。芙美子と啄木については、先行研究との重複もあろうが、啄木を措《お》いて芙美子と放浪記を語ることはできない。浅学を省みず、放浪記と啄木の関係を読み直してみたい。

まず見ておかなければならないのは、芙美子が放浪記において引用した啄木の歌に、原作との異同があることである。次の二首につき、啄木の原作と放浪記の引用とを比較する。

『悲しき玩具』より

家《いへ》にかへる時間《じかん》となるを、
ただ一つの待《ま》つことにして、
今日《けふ》も働《はたら》けり。

「目標を消す」より

家《いへ》にかへる時間《じかん》となるを、
ただ一つ待《ま》つことにして、
今日《けふ》も働《はたら》けり。

『槐多の歌へる』扉

『一握の砂』より
函館《はこだて》の青柳町《あをやぎちやう》こそかなしけれ
友《とも》の戀歌《こひうた》
矢《や》ぐるまの花《はな》

「秋が來たんだ」より
函館《はこだて》の青柳町《あをやぎちやう》こそ悲《かな》しけれ
友《とも》の戀歌《こひうた》
矢車《やぐるま》の花《はな》

自作の歌を自分の小説で引用するのなら、原作に手を入れても構わないが、啄木の歌と断りながら手を入れてはいけない。前者は啄木が意識的に歌った字余りで、啄木歌集を詠むと字余りとは感じない。芙美子は七五調に整えて引用したわけだが、これも放浪記の作中で詠むと違和感を感じない。どちらも一つの作品として鑑賞できるが、復元版においては、啄木の原作通りに補正した。

後者は、原作の平仮名二ヶ所を漢字に置き換えている。これも、放浪記の作中で詠むと違和感を感じない。啄木研究家にはお叱りをうけるだろうが、放浪記の作中では、漢字と平仮名のバランスが美しい。それは、後段の文字数を四字ずつに整えているからで、視覚的な美しさがあるのである。とはいえ、啄木の原作に手を入れてはいけない。これも原作通り補正した。では、芙美子が意識的に原作に手を入れたのかというと、そうではないように思う。それは、芙美子が啄木の歌すべてを暗唱できるほどに愛唱していたからで、放浪記執筆時に、啄木歌集を確認してはいなかったであろうと思う。上手の手から水がもれることはある。ここは芙美子に代わり、啄木の原作を再現すべきだと考えた。だが、もう一つ、啄木の原作とは異同のある歌につき、あえて補正しなかった歌がある。これも啄木研究家のお叱りを承知の上で、その理由を述べたい。

『一握の砂』より
酒《さけ》のめば鬼《おに》のごとくに青《あを》かりし
大《おほ》いなる顔《かほ》よ
かなしき顔《かほ》よ

「粗忽者の涙」より
酒《さけ》呑《の》めば鬼《おに》のごとくに青《あを》かりし
大《おほ》いなる顔《かほ》よ
かなしき顔《かほ》よ。

このケースは平仮名から漢字への置き換えと、句点の加筆という手が加えられた。放浪記は、この歌をはさんで、次のように描写する。「萩原《はぎはら》さんが遊びに來る。酒は呑《の》みたし金はなしで、敷蒲團一枚屑屋に壹圓五拾錢で賣る」。「あゝ若人《わかうど》よ！　いゝぢやないか、いゝぢやないか、唄を知らない人達は、啄木《たくぼく》を高唱《かうしやう》してうどんをつゝき燒酎《せうちう》を呑《の》んだ」。この歌が織り込まれた第一部「粗忽者の涙」は、啄木の歌二首をモチーフにして構成されている。ここでいう「若人」とは、萩原恭次郎《はぎわらきようじろう》、黒島傳治《くろしまでんじ》、壺井繁治《つぼいしげじ》、野村吉哉《のむらきちや》らのこと。啄木の歌の前後に「酒を呑《の》む」という言葉があり、ここは「のめば」ではなく「呑《の》めば」としたい芙美子の気持ちが分かる。それゆえ、校訂版として一貫性がないとのお叱りを覚悟の上で、放浪記初版を生かした次第である。

次に、啄木に次いで芙美子が愛唱した詩人村山槐多《むらやまかいた》の作品につき、校訂作業の苦心を述べたい。芙美子が放浪記において、槐多の詩を引用したのは、第一部「雷雨」の一ヶ所だけだが、画家でもあり詩人でもあった槐多の作品は、芙美子の作品と共通するものを感じる。また、第一部「古創」において、芙美子の初恋の人が、「ピカソの畫を論じ槐多の詩を愛してゐた」とも書いている。それが事実かどうかは別にして、詩人芙美子にとり、槐多は大きな存在であったことは間違いない。槐多の原作と放浪記初版は次のとおり。異同部分を傍線で示す。□（ブランク）は放浪記初版で欠落している。

『槐多の歌へる』より

しうねく強く
家の貧苦、酒の癖、遊怠の癖、みなそれだ、
ああ、ああ、ああ、

切りつけろそれらに、
とんでのけろはねとばせ、
私が何べん叫びよばはつた事か、苦しい、
さびしい、

血を吐く様に藝術を吐き出して狂の様に踊
りよろこばう

「雷雨」より

しふねく強《つよ》く
家《いへ》の貧苦《ひんく》、酒《さけ》の癖《くせ》、遊怠《あそび》の癖《くせ》、
みなそれだ。
ああ、ああ、ああ、

切《き》りつけろそれらに
とんでのけろ　はねとばせ
私《わたし》が何《なん》べん叫《さけ》びよばつた事《こと》か、苦《くる》しい、□□□

血《ち》を吐《は》くやうに藝術《げいじゅつ》を吐《は》き出《だ》して狂人《きやうじん》のやうに踊《をど》
りよろこばう。

これらの異同のうち、悩ましいのは、原作のとおり「狂」と補正するか、芙美子の「狂人」を生かすかということである。結論から述べると、ここは芙美子の「狂人」を採った。それは、先の啄木の

場合と同じく、この槐多の詩と日記体の描写が強く関連しているからである。その描写は次のとおり「槐多ではないが、狂人のやうに、一人居《ひとりゐ》の住居《すまゐ》が、イマ！　イマ！　戀しくなつた」と続くのである。その他の異同部分を見ると、ここでも芙美子は原書を確認したのではなく、記憶を頼りに引用したと思われる。しかし、その記憶のキーワードに基づく日記体の描写なので、ここはキーワードを尊重することとし、記憶から欠落した部分は原作に基づき補った。

啄木に戻る。啄木の歌が、放浪記において日記体の本文にどのように織り込まれているかを見たい。芙美子が女中として働いた牛屋からの帰途、市電がなくなり、上野公園下で途方にくれる場面がある。第一部「百面相」の描写に、啄木の歌が織り込まれている。

私がやつと店を出た時は、もう一時近くて、店の時計がおくれてゐたのか、市電はとつくになかつた。……上野公園下まで來ると、どうにも動けない程、山下が恐ろしくて、私は棒立ちになつてしまつた。／雨氣を含んだ風が吹いて、日本髪の両鬢を鳥のやうに羽ばたかして、私はしよんぼり、ハタハタと明滅する仁丹の廣告燈にみいつてゐた。

「百面相」より

『悲しき玩具』より

途中《とちう》にて乗換《のりかへ》の電車《でんしや》なくなりしに、
泣《な》かうかと思《おも》ひき。
雨《あめ》も降《ふ》りてゐき。

二晩《ふたばん》おきに、
夜《よ》の一時頃《じごろ》に切通《きりどほし》の坂《さか》を上《のぼ》りしも――
勤《つと》めなればかな。

この二首は、朝日新聞校正係の夜勤からの帰途を歌ったものである。近藤典彦《こんどうのりひこ》氏によれば、この乗り換え場所は上野廣小路駅。乗り換えの電車は本郷三丁目行き電車。一読して分かるように、芙美子は啄木の歌二首をモチーフにして「百面相」を書いたのである。「百面相」での芙美子は、この後、自転車乗りの職人に根津まで乗せてもらって帰ったことにしているが、田辺若男《たなべわかお》によれば、芙美子の牛屋勤めはわずか一日で懲りたようだ。芙美子の実体験に基づくものかどうかはともかくとして、直接の引用ではなくとも、啄木の歌をヒントに一編の作品が生み出されたわけである。

さて、『悲しき玩具』は、啄木に編集を委ねられた土岐哀果《ときあいか》がミスをしたため、冒頭の二首の配置を再構成し、次のように補正する必要があることを、近藤典彦氏が明らかにされた。

呼吸《いき》すれば、
胸《むね》の中《なか》にて鳴《な》る音《おと》あり。
凩《こがらし》よりもさびしきその音《おと》！

眼《め》閉《と》づれど
心《こころ》にうかぶ何《なに》もなし。
さびしくもまた眼《め》をあけるかな

芙美子が愛読したのは土岐哀果編集版だが、この二首は芙美子と放浪記に大きな影響を与えている。はじめの歌は、第三部「神様と糠」に織り込まれた。童話雑誌の意地悪な編輯者を思い出して曰く、

私にだつて憎悪《ぞうを》の顔がある。何時も笑つてゐるのではありません。笑顔で窒息しさうになる氣持ちを幸福な人間は知るまい。私は、そんな人間の前で笑つてゐると、胸《むね》の中《なか》では呼吸《いき》のとまりさうな窒息感におそはれる。

「神様と糠」より

芙美子が意識的に啄木の歌を織り込んだのか、それとも無意識のうちに織り込んだのかは議論があろうが、どちらにせよ、啄木の歌をすべて暗唱できるほどに愛唱していたからこそ、このような描写が生まれたのだと思う。

本節の最後に、芙美子の詩作を代表する「黍畑」の一部を見ておきたい。引用は、改造社版の終章から。啄木の「歌は私の悲しき玩具である」が「男は悲しくむづかしき玩具」に、「眼《め》閉《と》づれど／心《こころ》にうかぶ何《なに》もなし。／さびしくもまた眼《め》をあけるかな」が、「片瞳《かため》をつむり／片瞳《かため》をひらき／あゝ術《すべ》もなし／男《をとこ》も欲しや旅《たび》もなつかし」と、見事な七七調に歌い直された。

伸《の》びあがり伸《の》びあがりたる
玉蜀黍は儚《はか》なや實《み》が一ッ
こゝまでたどりつきたる
二十五の女《をんな》の心は
眞實男《をとこ》はいらぬもの
そは悲《かな》しくむづかしき玩具《おもちゃ》ゆゑ
（中略）
二十五の女心《をんなごころ》は
一切を捨て走りたき思ひなり
片瞳《かため》をつむり
片瞳《かため》をひらき
あゝ術《すべ》もなし
男《をとこ》も欲しや旅《たび》もなつかし。

【放浪記校訂覚え帖】　第一部「百面相」に、「土を凝視《みつ》めて歩いてゐると、しみじみ悲しくて、病犬《やまいぬ》のやうにふるへて來る」という描写がある。初版のルビ「病犬《やみいぬ》」を、啄木の歌にちなんで「病犬《やまいぬ》」と補正した。「わが泣《な》くを少女等《をとめら》きかば／病犬《やまいぬ》の／月《つき》に吠《ほ》ゆるに似《に》たりといふらむ」。この当時、総ルビは版元の指示で文選工が行う。著者の意思に沿わないルビも多く、ルビがすべて著者の意思だと考えるのは適切ではない。

第3節　言葉遊び（一）数字遊び

放浪記は読みやすく面白い。繰り返し読んでも飽きない。だが、なぜ読みやすく、面白いのか？これまでよく言われてきたことは、擬音語、擬態語を意味するオノマトペの多用がある。放浪記第一部「淫賣婦と飯屋」全7頁のうち、冒頭の2頁分だけをとっても、次のように11ヶ所もある。

雪のシラシラ降つてゐる。
何かブツブツ物を言ひかけて來る。
赤ん坊が私の脊におぶさると、すぐウトウトと眠つて
先生は赤ん坊にハラハラ
ブラブラ大きな風呂敷包みをさげて歩いてゐると
ザラザラした氣持ちで
やれやれと住み込むと

震災前の淺草公園

キラキラ光つてゐた。
くわんからがゴロゴロして
疊がザクザク砂で汚れてゐた。
寒さがビンビンこたへて來る。

「淫賣婦と飯屋」より

「淫賣婦と飯屋」全体では、28ヶ所もある。たしかに、これらの擬態語、擬音語が独特なリズム感を生み出していることは否定できない。これは、特に昭和5年に成立した改造社の初版本に見られる特徴で、戦後作の第三部では、このオノマトペが極端に減っている。例えば、第三部「肺が歌ふ」は、「淫賣婦と飯屋」の倍にあたる13頁分もあるのに、オノマトペはわずか2ヶ所しか使われていない。では、第三部が面白くないのかというと、第三部の方がもっと面白く読める。それは、日本政府の検閲制度から解放された戦後作だからでもあるのだが、放浪記全編を見ると、オノマトペの多用だけが、独特なリズム感を生み出しているわけではないことが分かる。

そのオノマトペ以外に、独特なリズム感を生み出している言葉遊びは何かというと、「数字遊び」と「連想ゲーム」である。本節では、このうち「数字遊び」を取り上げる。

まず、「数字遊び」の初級編とでも言うべき分かり易い実例を見てみよう。第三部「冬の朝顔」から。淺草駒形橋近くの「ちもと」という牛屋の女中になった芙美子が、芙美子に好意を持った料理番の青年「ヨシツネさん」に誘われ、淺草公園のひょうたん池附近を散歩する場面。わずか13行の短文に、「浅草六區」にはじまり「子供二人」に至るまで、一から十までの漢数字を一字ずつ織り込んだ「数字遊び」の典型例である。

泥んこに掘りかへされた駒形の通りから、ぶらぶらと公園《こうゑん》の方へ行く。六區《ろつく》の中の旗の行列。立ちんばうがぶらついてゐるへうたん池のところまで來ると、ヨシツネさんは、紙に包んだ薄皮まんぢゆうを出して三《みつ》つもくれた。

「お前いくつだ」

「二十歳《はたち》……」

「ほう、若く見えるなァ、俺は十七八《じふしちはち》かと思つた」

私が笑つたので、ヨシツネさんも頭をかいて笑つた。筒つぽの厚司を着て汚れた下駄をはいてるところは大正の定九郎《さだくらう》だ。

話があると云つて、なかなか話がない。あゝさうなのかと思ふ。まんざら嬉しくなくもないけれど、何となくあんまり好きな人でもない氣がして來る。朝のせゐか、すきすきと池のまはりは汚れて寒い。ヨシツネさんはうで玉子を四《よ》ッ買つた。鹽が固くくつゝいてゐるのが一《ひと》ッ五錢《ごせん》。齒にしみとほるやうに冷たいうで玉子を、池を向いて食べる。枯れた藤棚の下に、ぼろを着た子供が二人《ふたり》でめんこをして遊んでゐる。

「冬の朝顔」より

この「冬の朝顔」が発表された『日本小説』においても、留女書店の単行本『放浪記第三部』においても、漢数字にルビはふられていない。一般に総ルビ書物においても漢数字にはルビをふらないという慣習があるのだが、読者に気づいていただくため、復元版において、あえてルビをふした。著者が充分に「数字遊び」を意識して執筆しなければできることではない。たまたま意識せずとも、このように漢数字を織り込んだ表現になることが万に一つあるとしても、この場合、決して偶然ではないことを示すのが、文中で芙美子が「ヨシツネさん」につけた綽名「定九郎」である。「定九郎」とは「仮名手本忠臣蔵」の登場人物の一人で、この文脈には何の関係もないのだが、芙美子は、この描写の前段で「ヨシツネさんは定九郎みたいな感じ」と綽名の命名理由につき前置きしている。その結果、数字遊びが完成しているのである。この作品では「ヨシツネさん」は徴兵検査前という設定だから、十九歳。「定九郎」という綽名は、十九歳という年齢から着想したのかも知れない。私も芙美子の数字遊びに倣い、たまに一から十までの漢数字を文中にはめ込もうとするのだが、難しい数字が「九」であり、そのつど四苦八苦させられる。

　この「冬の朝顔」は、戦後作の第三部だから、昭和5年に成立した第一部、第二部で同様な数字遊びがあるのかというと、何ヶ所もある。「冬の朝顔」を初級編とすれば、中級編、上級編は、むしろ第一部、第二部の方に見られる。次に示す中級編と言うべき漢数字の連続表記の例は、第二部「夜の曲」から。これは日記体文学ゆえに出来る数字マジックである。

　五月×日
六時に起きる。昨夜の無銭飲食で、七時には警察へゆかなくちゃならない。……四谷までバスに乗る。……勇ましくて美しい車掌さん！……貴女と同じやうに、植物園、三越、本願寺、動物園なんて試験を受けたことがあるんですよ。……神宮外苑の方へ行く道、一寸高い段々のある灰色の建物がさうだつた。八つ手の葉にいつぱい埃がかぶさつたまゝ……こゝまで取りに來なければ、十圓近くの金は、私が帳場に取り替へなくてはならない……代書屋に行つて……茶が出たり鹽せんべいが出たり、金を拂ふだんになると、二枚食べた鹽せんべいのまではいつてゐる……引受け人のやうな人から九圓なにがしかをもらつて外に出る……

「夜の曲」より

この場合も苦心したのは「九」という数字。「十圓近くの金」という表現は、「九圓なにがし」と表現するための伏線である。このような例は随所にあるので楽しんでいただきたい。

さて、放浪記全体の序章にあたる「放浪記以前」で行われた奇想天外な数字マジックの例をとりあげたい。それは、九州炭坑街の木賃宿で、母キクさんが夫の沢井喜三郎に対して、稼ぎの悪さを歎いてつぶやく場面である。初出の『改造』（昭和4年10月号）と『決定版放浪記』（昭和14年11月、新潮社）とを、比較する。誤植もふくめ、原文のママ。新潮社版にはルビがない。

——あんたも、卅過《す》ぎとんなはつとぢやけん、少《すこ》しは身《み》を入《い》れてくれんな、仕用《しよう》がないかもんなた……。

（『改造』昭和4年10月号）

「あんたも、四十過ぎとんなはつとぢやけん、少しは身を入れてくれんな、仕様がなかもんなた……」

（『決定版放浪記』新潮社、昭和14年11月）

放浪記各版本の校合作業に着手した当初、著者芙美子に対し、軽い怒りさえ覚えたのが、この部分。いくら沢井が義父とはいえ、初出発表からちょうど10年を経たからといって、作中人物の年齢を10歳老けさせるというのは、目に余る改稿だと感じたのである。幸い、改造社昭和21年版では次のように訂正され、復元版もこれに倣ったが、新潮社版は、昭和14年版から昭和54年の新版文庫本までの40年間、ずっと「四十」のママである。

――あんたも、三十過ぎとんなはつとぢやけん、少しは身を入れてくれんな、仕様がなかもんなあ……。

（復刊版『放浪記』改造社、昭和21年）

私が「目に余る」と感じたのは、この「三」を「四」に置き換えることで、先の「冬の朝顔」や「夜の曲」の例と同じく、一から十までの漢数字の連続使用という言葉遊びが完成するからであった。数字遊びの上級編。だが、放浪記全体の比較校合作業を進めてゆくうちに、これは数字遊びを装った、あるメッセージではないかと感じるようになった。それは、新潮社昭和14年版は、本来の意味での「決定版」ではないという著者芙美子の言外のメッセージという意味である。

そのヒントは、この新潮社昭和14年版にふされた「はしがき」にある。「はしがき」には次のように書かれている。

この「放浪記」は昭和四年の六月に出版された。その當時から今日まで、十年の歳月が流れてゐる。東京の街の姿も十年の間にすつかりかはつてしまつてゐる。その十年の間に、私は支那へも行き、歐洲へも行つた。（中略）さうして私も十年の間にはいろいろな作品を書いてきた。ふりかへつてみると、この十年の間は非常に苦しいものであつたけれど、生活の安定と云ふことが、小説を書いてゆく上には非常な強味であり、これがまづ幸福なことであつたと私は感謝の氣持ちでゐるのだ。飢ゑてゐては、人間は何も仕事をすることは出來ない。あるひとは、「放浪記」を書いた私を、「放浪記」だけのこして死んでしまへば、自分はもつとこの作家を尊敬しただらうと云つてゐた。またあるひとは、私に向つて、「放浪記」のやうな作品をもつと書けないものだらうかとも云つた。これらの言葉は、私にとつては彌次馬的な言葉としか私にはとれないのだ。私は髄分慘酷な言葉だともおもつた。「放浪記」は、私の青春の記念であり、これはこれだけで、私の仕事の一部分であつてもよいのだとおもつてゐる。「放浪記」は、幼い文字で、若い私の生活を物語つてゐる作品だけれども、私はこれを私の作品の代表的なものにされるのは、いまは不服な氣持ちである。

（『決定版放浪記』「はしがき」新潮社、昭和14年）

なんと異様な「はしがき」であることか。改造社初版の発行日「昭和五年七月」を、「昭和四年六月」というように、年次と月次の数字を一つずつずらし、「決定版」の「はしがき」にもかかわらず、「これを私の作品の代表的なものにされるのは不服だ」とまで言っている。そのような作品なら、改造社から新潮社に版元を替えてまで、再刊する必要はない。

その後、新潮社版各異本にふされた「はしがき」や「あとがき」において、芙美子は放浪記の初版をつねに「昭和四年」と書いている。ために諸家は、芙美子は数字の記憶に弱いと口を揃えて苦言を呈している。だが、改造社版と戦後の『日本小説』「まえがき」には、「昭和五年」と書き分けていることの理由を問おうとはしない。

昭和14年版において、義父の年齢を「三十」から「四十」に書き換えたことにつき、私は、当初は単なる誤植と感じ、次には行き過ぎた数字遊びと感じ、ついには改作を強制した検閲当局に対する怒りの表出だと思い直すに至った。読者はどのように感じられるだろうか。

とはいえ、芙美子の数字マジックには、先の淺草公園でのデートのように、青春の華やぎを表現するためになされた演出効果もあれば、作品にリズム感をもたらす効果もある。それは、「二並び」「三並び」のように、あたかも香具師《やし》の啖呵売《たんかばい》のごとく、リズムよく畳みかける手法にある。これも分かり易い例を引こう。第一部「淫賣婦と飯屋」から。近松秋江《ちかまつしゅうこう》家の子守女中の場面、及び刑事に追われた淫賣婦が、木賃宿の芙美子の蒲団に潜り込んで来た場面。

こゝの先生は、日に幾度も梯子段を上つたり降りたり、まるで廿日鼠《はつかねずみ》だ。
ぢんぢんばしよりして二階へ上つて行く。
二週間《にしうかん》あまり居て、金貳圓《にゑん》也、

新宿の旭町の木賃宿に泊る……一泊參拾錢《さんじつせん》で……三疊《さんでふ》の部屋
「あの女と知合ひか？」「え丶三分間《さんぷんかん》ばかり」……あの女は卅《さんじふ》すぎてゐたかも知れない。

この「二並び」「三並び」のような例は無数にある。芙美子は香具師の子として育ったから、この啖呵売《たんかばい》のような口上は得意としたのであろう。この例は、同じ数字の並びでも「廿」「二二」「貳」と使い分け、さらに「參」「三」「卅」と畳みかけた文学的数字遊びと言える。ところが、当の近松秋江先生、芙美子のシャレが分からなかったのか、自著でわざわざ反論している。近松秋江著『文壇三十年』「女流作家漫談」（昭和6年1月、千倉書房）より。

この頃林芙美子君が盛に賣り出してゐる。今から七年ばかり前、女中がほしいと、新聞に廣告を出したところ、來てくれたのが彼女であつた。……お芙美さんも、來た最初から、ぶらぶらした罪のない人であつたが……臺所まはりのことや、座敷の拭掃除など、丁寧にすることの出來ない、又、する氣のなさゝうな人であつたから、……專ら赤ン坊を負ぶさせてゐた。彼女は「不思議に、自分が負ふと、赤ン坊が泣かなくなつた。」といつてゐるが、お芙美さんには、ほかに言ひ付ける仕事がなかつたのだ。彼女の所謂「野育ち」で、愚昧な家内も、「おふみさんには、そんなことでもさしとくより爲方がない。」といつて、笑つてゐた。……私自身、隨分、自分共の恥辱になることを、臆面もなく書き暴らす方だから、お芙美さんの書いたことには驚きもせぬが、私の家は、貧乏であつても、一ヶ月以下の短期間居つて、暇をとるやうな者には先づ一ヶ月幾許の給料と見て、その額を日割りにして包んでゐた。……家内は、「半月もゐるもんですか、一週間もゐたか、どうだか。それにしたつて、貳圓しか包まないといふことはないでせう。」といつて又笑つてゐた……お芙美さんも、太閤のやうに出世したものだ。

秋江先生、芙美子に妻を「野育ち」と言われたことに腹を立てたのか、ここはシャレの数字遊びと笑って読んでいただきたかった。芙美子は放浪記発表に遡る、大正15年9月号の『文章倶楽部』に、「秋江先生のお仕事振り」と題した随筆を寄せている。そこでは、近松家の女中時代を回想し、敬慕の念をこめて「秋江先生」を語っているのである。

【放浪記校訂覚え帖】　第二部「赤い放浪記」に、次の描写がある。芙美子が信越線の夜行列車に乗って直江津に行く場面。「汽車が高崎に着くと、私の周圍《しうゐ》の空席に、旅まはりの藝人風な男女四人が席を取った……目玉のグリグリした小さい方が、ひとわたり四圍《あたり》をみまはして大きい方につぶやく」。「周圍」と「四人」を掛けて「四圍《あたり》」と表現したわけだが、新版新潮文庫（昭和54年）は、この「四圍」を「周囲」と書き換えてしまった。これも秋江先生と同じく、芙美子のシャレが理解できなかったからに他ならないが、「四圍」という言葉はただの遊びではなく、古くは、文語訳『舊約聖書』（明治20年）「エゼキエル書」に「四圍《まはり》」とルビがふられた例があり、芙美子と親しい萩原恭次郎も、自作の中で使っている。けっして芙美子の一人勝手な造語ではない。

第4節　言葉遊び（二）連想ゲーム

芙美子はある随筆のなかで、自分の小説に挿絵はいらないと言っている。新聞や雑誌連載などでは編集部の意向もあり、挿絵があるのはやむを得ないが、単行本には不要だというのである。たしかに、童話など、ごく一部の例外を除き、芙美子の小説単行本には挿絵がほとんどない。文学なのだから、文字と言葉で表現するのが正攻法だというのである。放浪記を繰り返し読んでいると、なるほど挿絵は不要だとの感を強くする。だが、そこには著者があえて語らない、著者独自な表現技法を感じるのである。その一つは、作中に引用、挿入された詩歌の視覚的効果があげられる。挿絵にまさる絵画的効果と言い換えることもできる。これについては、高山京子《たかやまきょうこ》氏が、コラージュやモンタージュという絵画、映像における技法用語を用いて解読を試みているので参照されたい。

ここでは、文字と言葉にこだわり、その音響的効果に着目してみたい。放浪記は、黙読ではなく、発声して音読することで、より作品を楽しみ、かつ理解することができる。もっと言うなら、音読しながら筆写することが最も効果的だと申し上げたい。これは喩えではあるが、十回《じっかい》の黙読より一回《いっかい》の

駒形どぜう屋（昭和14年12月）

音読、十回《じつかい》の音読より一回《いつかい》の音読・筆写が勝ると思う。前節で示した数字遊びも、その音響的効果の一つと言える。数字は抽象的でありながら、具体的イメージとリズム感をあたえる。では、数字ではない、音にこだわった言葉遊びの例を見てみよう。いずれも同音の繰り返しでリズム感を生み出している。ぜひ発声して味わっていただきたい。

剪花屋《きりばなや》、……ドラ焼屋《や》、魚の干物屋《や》、野菜屋《やほや》、古本屋《や》　第一部「目標を消す」より

あゝ夜《や》だ夜《や》だ夜《や》だよ。何《なん》もいらない夜《よ》だよ。　第一部「百面相」より

淺い若《わか》い戀の日なんて、うたかたの泡より果敢《はか》ない　第二部「戀日」より

終日雨《あめ》なり。飴玉《あめだま》と板昆布で露命《ろめい》をつなぐ。　第三部「肺が歌ふ」より

夕方《ゆふがた》から雨《あめ》。……夜更《よふけ》けまで雨《あめ》。どこかであやめの花を見た　第三部「神様と糠」より

詩人が小説を書くと、日記体本文まで詩のように唄われる。発声して読むことが大事なのである。このうち「百面相」のルビについては説明を要する。芙美子存命中に刊行された放浪記各種版本の中で、総ルビがふされたものは、昭和5年版と昭和8年版のみ。この両者にふられたルビは「夜《よる》」となっている。復元版において、芙美子研究者諸家のお叱りを覚悟のうえで、このようにルビをふした。総ルビ書物のほとんどは、版元の指示で文選工が行い、著者の意向が反映されないことが多いという事実を踏まえたうえでのことである。ここは末尾の「だよ」は発声せず、「あゝやだやだやだよ。何《なん》もいらないよ」と音読していただくのが、私の希望である。

「雨《あめ》、飴《あめ》、露命《ろめい》」、「雨《あめ》、雨《あめ》、あやめ」は、「め」音の連続表記と「雨」の文字が相乗効果をもたらし、雨だれが聞こえるかのように、快く響く。とはいえ、露店商売には雨はつらい。放浪記には雨がよく降る。その気持ちが思わず筆遣いに表れるのであろうか、放浪記に登場する「雨」という文字を拾うと、ざっと150ヶ所はある。芙美子が『婦人公論』（昭和9年12月）に寄稿した随筆に、母キクさんの語録があるので、紹介したい。キクさん語録は味わい深い。同誌「私の年末所感」から。

　此《この》年内で愕《おどろ》いたことは、雨が多かつたことと、大風害と、東北地方の凶作と……大自然の調子がどうも本調子でなかつたのですが、東北の凶作には、何とも云ひやうのない氣持ちでした。……二十一歳の折の年末を、母親と二人で、新宿裏の旭町にある木賃宿に泊つてゐた事がありましたが、その頃は、私より母の方がずつと元氣で、休みなしに夜店《よみせ》を出しに二人で澁谷まで出かけてゐました……「お母さん、貴女、何か年末の感想ありますか？　あつたら、一つヒレキしてみて下さいな」と火鉢に凭《もた》れて暦《こよみ》を見てゐる母親へ、年末感想を求めますと、なさけないことに、夜店《よみせ》を出してゐた頃を思ひ出したのでせう。「年末には雨が降らないといゝ、商人が助かるからねえ」と云ふ意見だけで、回顧することはないかと云ふと、そんなぜいたくな氣持ちはおこさんと、ひどい怒りやうなのです。

放浪記の描写の背後には、芙美子の連想ゲーム的着想がある。第三部「土中の硝子」から。牛込の野村吉哉のアパートでの描写。この描写における連想ゲームのキーワードは「雨」と「馬」。「肺」と「灰」は音つながりで、吉哉の肺病に掛けている。

二月×日

雨。風呂のかへり牛込へ行く。……野村さんは灰皿を取つて、私の胸へ投げつけた。眼にも口にも灰がはいる。肺の骨がピシッと折れたやうな氣がした。……夕方になつて眼が覺める。……肺の骨がどうにも痛い。灰皿は破れたまゝ散らかつてゐる。……風邪を引いたのか、馬鹿に頭の芯がづきづきと音をたててゐる。……朝、まだ雨が降つてゐる。みぞれのやうな雨。……野村さんは紅い唇をして眠つてゐる。肺病やみの唇だ。肺病は馬の糞を煮〆た汁がいゝと誰かに聞いたことがある。このひとの氣性の荒さは、肺病のせゐなのだ……野村さんは、通ひにして、また一緒に住めばいゝと云つてくれたのだけれど、私は心のなかにそんな氣のない事をはつきりと自覺してゐる。私は毆られる相手として薄馬鹿な顔をしてゐるのは澤山だ。……店へ戻つたのがお晝。がんもどきの煮つけと冷飯。息もつかずにのどを通る。近所の藥屋で櫻膏を買つて來てこめかみへ張る。胸の骨が痛いので、胸にも櫻膏をいく枚も張りつける。

三月×日

うらゝかな好晴なり。ヨシツネさんを想ひだして、公休日を幸ひ、ひとりで淺草へ行つてみる。……駒形橋《こまがたばし》のそばのホーリネス教會。あゝあすこはやつぱり素通りで、ヨシツネさんには逢ふ氣もなく、どぜう屋にはいつて、眞黑い下足の木札を握る。

説明を要するのは「櫻膏《さくらかう》」という言葉。「櫻」といえば、「馬肉」が「桜肉」と呼ばれていることを連想する。「馬の膏《あぶら》」は民間薬としていまでも販売されている。火傷や切り傷に効能があるという。したがって、「櫻膏《さくらかう》」という言葉も「馬」つながりの連想から導かれたものなのである。そして、「雨」が上がった「好晴」の日に向かったのが、同じく「馬」つながりの浅草「駒形橋」。このような連想ゲームを見ると、芙美子に家庭内暴力をはたらいたと言われる野村の実像はどうであったのか、という疑問を抱く。野村については、第9節以下で述べたい。

注目されるのは、作中では「素通り」した筈の「ホーリネス教會」。現実の芙美子は「素通り」はしておらず、この教会の前でスナップ写真も撮っている。「あゝ、あすこはやつぱり素通りで」という表現は、芙美子節あるいは放浪記節ともいうべき反語的表現であり、著者の本意は「素通りせずに注目しろ」と言っているのである。これは、第13節で述べる。ここでは、表面的には連想ゲームに見える描写が、もう一つの別なメッセージに導く役割を果たしていることを知っていただきたい。

第二部「自殺前」に、一読しただけでは意味不明な描写がある。論理的でもなければ、詩的とも感じられない。だが、連想ゲーム的言葉遊びと分かれば、芙美子の言っていることが見えてくる。

頂点《てつぺん》まで飢ゑて來ると鐵板《てつぱん》のやうに體がバンバン鳴つて、すばらしい手紙が書きたくなる。
だが、私は食ひたいんです。

「自殺前」より

改造社初版本では「鐵板《てついた》」とルビがふられたが、昭和8年の改造文庫本では「鐵板《てつぱん》」と補正された。初版本では、著者校正はなされず、版元編集部の校正もおろそかである。ルビがなければ意味が分からないし、ルビがあっても分かりづらい。ここは、「頂点」や「鐵板」という字義に意味があるのではなく、言葉の音に意味がある。「てつぺん」と「てつぱん」から、さらに音を抽出すると、「ぺん」と「ぱん」。これは、「ペンによりてパンを得る」売文業を意味する。ゆえに「書きたくなる」、「食ひたい」と補われたのである。ここで、「ペン即ち書く」、「パン即ち食う」という言葉が姿をあらわし、著者の意図が見えてくる。では、なぜこのような面倒な表現が必要なのであろうか？　それは、「自殺前」直前の短編「寝床のない女」に、その答えがある。

一縷《いちる》の望を抱いて百瀬さんの家へ行く。
留守。……壁に積んである、澤山の本を見てゐると、なぜか、舌に唾《つばき》が湧いて、此《こ》の本の堆積《かさ》が妙《めう》に私を誘惑《いうわく》してしまつた。どれを見ても、カクテール製法の本ばかり。一册賣つたらどの位になるかしら。

「寝床のない女」より

ここで言う「百瀬さん」とは百瀬晋《ももせすすむ》のこと。この当時、百瀬は堺利彦《さかいとしひこ》の売文社を通じ、『飲料商報』という業界紙の編集を請け負っていた。そこには、第一部「赤いスリッパ」で登場する五十里幸太郎《いそりこうたろう》も働いていたことがある。堀切利高《ほりきりとしたか》著『夢を食う——素描荒畑寒村』によると、百瀬の唯一の著作は『趣味のコクテール』（一九二七年、金星堂）だという。「寝床のない女」の年次設定は「一九二七」だから、ぴったり付合する。もし、ここで百瀬の名をフルネームで書き、『飲料商報』の名も出していれば、検閲当局は、すぐに堺利彦の名を連想する。「寝床のない女」と「自殺前」を執筆するとき、芙美子の念頭には、はっきりと「堺利彦」「百瀬晋」「売文社」「飲料商報」というキーワードが連想されていた筈である。しかし、それをそのまま書くわけにはゆかない。「頂点まで飢ゑて來ると鐵板のやうに體がバンバン鳴」るという、意味不明な作文は、検閲対策の産物なのである。

黒岩比佐子《くろいわひさこ》著『パンとペン―社会主義者・堺利彦と「売文社」の闘い』で、黒岩は堀切氏の著作を引き、「売文社」と『飲料商報』に言及しているが、芙美子と放浪記には触れていない。黒岩比佐子が放浪記改造文庫本を読んでいれば気づいていた筈だと思うのだが、どうであろうか。黒岩の生前に、売文社と放浪記を語りあう機会が持てなかったことを残念に思う。

本節の最後に、校訂の範疇を超えた脱線だとのお叱りを覚悟のうえで行った作業につき、述べておかなければならない。それは、第一部「目標を消す―一九二四―」の描写。この短編は、放浪記第一部において、最も問題の多い短編である。短編タイトルと、本文で言及された「バクレツダン」という言葉を重ね合わせれば、「バクレツダンで、ある目標即ち誰かを消す」ということになる。これは、改造社初版本では、わずか一ヶ所の伏せ字処分にとどまり、発禁処分は受けなかったのだが、偶然に発禁処分を免れたわけではない。もちろん、検閲当局にとって、無名の若き女性詩人の作品という油断はあっただろうが、検閲当局をして油断させる工夫が施されていたのである。そこには、検閲当局には著者の眞意を連想させず、読者には眞意を連想させるというぎりぎりの攻防がある。以下は、校訂を施した、復元版第一部「目標を消す」の描写から。「関東大震災のあと、無産者が持てる奴等（有産者）にバクレツダンをぶち投げる」という描写は、間違いなく発禁処分が相当である。


ハイハイ私は、お芙美さんは、ルンペンプロレタリアで御座候《ござさふらふ》だ。何もない。

何も御座無く候《さふらふ》だ。

あぶないぞ！　あぶないぞ！　あぶない無産者故《むさんしやゆゑ》、バクレツダンを持たしたら、喜んで持てる奴等《やつら》にぶち投げるだらう。

こんな女が、一人うぢうぢ生きてゐるより早くパンパンと、地球《ちきう》を眞二ッにしてしまはうか。


この「目標を消す」が最初に発表されたのは、『女人藝術』（昭和４年12月号）。この初出のうち、復元版で校訂した「無産者」の初出型は「無精者」、「持てる奴等」は「持たせた奴等」、「地球」は「××」と伏せ字されており、年次記載がない。以下は『女人藝術』初出型。


ハイハイ私は、お芙美さんは、ルンペンプロレタリアで御座候だ。何もない。

何も御座無く候だ。

あぶないぞ！　あぶないぞ！　あぶない無精者故、バクレツダンを持たしたら、喜んで持たせた奴等にぶち投げるだらう。

こんな女が、一人うぢうぢ生きてゐるより早くパンパンと、××を眞二ッにしてしまはうか。

たしかに、「無精者がバクレッダンを持たせた奴等にぶち投げる」ということなら、同士討ちを意味する。検閲当局にとっては、咎め立てするほどのことがない、幼い詩人の落書きのように見える。「地球《ちきう》を眞二ッ」は関東大震災を意味するから、検閲係官の氣に障ったということになる。

ところが、この描写がはらむ問題性が検閲当局の知るところとなり、のちの改版ごとに改作が強制されてゆく。まずは、昭和12年版において、「ハイハイ私は、お芙美さんは、ルンペンプロレタリアで御座候《ござさふらふ》だ。何もない」という前段がそっくり抹消されてしまう。何故か？ この描写は「ルンペンプロレタリア」即ち「無産者」を連想させるからである。この前段がある限り、読者は「無精者」が「無産者」の置き換え言葉であると連想することが可能となる。次に、昭和14年版においてはどう改作を強要されたのか？ この改版では「持たせた奴等」すら抹消された。「持たせた奴等」は「持てる奴等」即ち「有産者」の置き換え言葉だと、検閲当局がみなしたのである。


ハイハイ私は、お芙美さんは、ルンペンプロレタリアで御座候だ。何もない。

何も御座無く候だ。

あぶないぞ！ あぶないぞ！ あぶない無精者故、バクレツダンを持たしたら、喜んでそこら邊へ投げつけるだらう。

こんな女が、一人うぢうぢ生きてゐるよりも、いつそ早く、眞二ッになつて死んでしまひたい。

（昭和14年版）

末尾の文節は、著者が自爆死を強制されているかのように改作された。前節で示した芙美子の「はしがき」が語る「放浪記だけのこして死んでしまへ」と言われたことと照応している。この異本の改作部分は、「はしがき」と併せて読まなければならない。「××を眞二ッ」という伏せ字部分も抹消されたから、新しい読者には、幼い前衛詩人の一人芝居としか読むことができない。

放浪記復活版とも言える昭和21年改造社版において、「××を眞二ッ」という伏せ字が「地球を眞二ッ」と復元されたが、その他の描写は初版本のママであった。ゆえに、私が復元版のように校訂することは、校訂の範疇を超えた脱線と評する向きもあろう。しかし、本節で述べた芙美子の連想ゲーム的言葉遊びの手法が、検閲対策の産物でもあると気づいた結果、改作本における検閲当局の意図に気づくことができた。検閲当局自身が、原テキストの姿を示してくれたと思うのである。

【放浪記校訂覚え帖】 15種の版本を校合する作業において、意外な落とし穴が、新潮文庫初刷本（昭和22年）を入手することであった。戦後出版物なのに、入手が難しい。国会図書館の納本制度は翌昭和23年からなので、初刷本は納本されていない。翌年納本された二刷りには16頁分の落丁があり、まさにこの「目標を消す」の部分が落丁していた。のちに古書店で入手した、落丁のない初刷・二刷り原本を見ると、「無精者」は「不精者」とされていた。また、不思議なことに、初刷に付された板垣直子の解説が、ある時期の刷り版から抹消され、10刷（昭和27年5月25日）でも抹消されている。解説部分は落丁ではなく、いかなる理由によるものか現時点では不明だが、板垣の解説は一度抹消され、芙美子没後に復活したことは事実。芙美子没後の新潮版放浪記の謎。

第5節　指のない淫賣婦

放浪記を成功させた理由の一つに、序章の存在と編集の妙を挙げなくてはいけない。雑誌『改造』（昭和4年10月）に発表され、単行本の序章に配置された「九州炭坑街放浪記」である。この一編なくして放浪記の成功はなかったと言って過言ではない。雑誌『女人藝術』が、芙美子と放浪記デビューの場を提供したことは事実だが、『女人藝術』発表順に、放浪記各短編を読むと、単行本のような面白さは感じない。その理由は、検閲を意識した安全運転とも言うべき描写を心がけたからである。実際に、『女人藝術』連載第1回から第9回まで、検閲による伏せ字が施された短編は一編もない。芙美子が単行本編集にあたり、雑誌発表順に収録しなかったのは、当初は筆を押さえて執筆したことを自覚していたからであろう。連載第10回目からいきなり伏せ字が連続するのは、芙美子が興に乗って筆を走らせたことの反映である。これは、復元版巻末の付表を参照されたい。

単行本序章に編集する際、「放浪記以前」と改題された、この「九州炭坑街放浪記」は、芙美子の少女時代放浪記であり、序章に配置するのは自然だが、その筆の勢いたるや、この一編をもって本編

『改造』昭和4年10月号

全40章に匹敵するものがある。当然に、検閲による伏せ字が施された。この序章は、その後の改版本で改作が繰り返され、戦争と検閲による改作過程がよく分かる。やや詳しくみてみたい。その初版本の原文を示す。ここでの主人公は、芙美子ではなく「指のない淫賣婦」である。


或《あ》る日《ひ》、此指《このゆび》のない淫賣婦《いんばいふ》と、風呂《ふろ》に行《い》つた。

ドロドロの苔《こけ》むした暗《くら》い風呂場《ふろば》である。

腹《はら》をぐるりと、一巻《ひとま》きして、臍《へそ》のところに朱《あか》い舌《した》を出《だ》した蛇《へび》の文身《いれずみ》をした女《をんな》、私《わたし》は九州で始《はじ》めてこんな凄《すご》い女《をんな》を見《み》た。


（この間約80行）


指《ゆび》の無《な》い淫賣婦《いんばいふ》だけは、いつも元氣《げんき》で酒《さけ》を呑《の》んでゐた。

——戰爭《せんさう》でも始《はじ》まるとよかな。

此淫賣婦《このいんばいふ》の持論《ぢろん》は、いつも戰爭《せんさう》の話《はなし》だつた。

人《ひと》がどんどん死《し》ぬのが氣味《きみ》がいいと云《い》つた。此世《このよ》の中《なか》が、煮《に》えくり返《か》へるやうになるとい丶と云《い》つた。炭坑《やま》にうんと金《かね》が流《なが》れて來《く》るとい丶と云《い》つた。

——あんたは、ほんまによか生《うま》れつきな。

母《はは》にかう云《い》はれると、指《ゆび》の無《な》い淫賣婦《いんばいふ》は、

——叔母《をば》つさんまで、そぎやん思《おも》ふとんなはると……。

彼女《かのぢよ》はいつぱい……………を、窓《まど》から投《な》げて淋《さび》しさうに笑《わら》つてゐた。　（昭和5年初版）

この伏せ字部分の文字数は8文字。「指のない淫賣婦」が窓から投げたものが検閲に触れたわけだが、ここで彼女が投げたものは、前後の文脈から判断するに、バクレツダンのような危険なものではない。ならば、検閲係官が「猥褻《わいせつ》」だと感じたものということになる。

放浪記刊行当時、国民に言論と出版の自由はなく、「新聞紙法」と「出版法」による検閲を受けなければ非合法の地下出版とみなされた。検閲が注視する大きな柱は、いわゆる治安を脅かす「安寧秩序紊乱《あんねいちつじよびんらん》」表現と、いわゆる猥褻を意味する「風俗壊乱《ふうぞくかいらん》」表現の取締にある。製本済みの書物が発禁処分を受けると版元は大損害だから、この当時は、内閲といわれるゲラ段階での検閲が一般的になる。部分的な書き直しや伏せ字という条件付きで発行許可をとるためである。新聞雑誌は管轄の警視庁・府県警察部が検閲し、図書は内務省警保局図書課が検閲した。

放浪記の場合、雑誌『女人藝術』では検閲を通過した表現であっても、改造社の単行本では伏せ字された表現が何ヶ所もある。検閲の部署も異なるし、同じ単行本といえども、改版すると再検閲を要する。その後、改版のつど検閲に触れて伏せ字が増え、改作されていったのもこれがためである。ただし、放浪記の改作過程の全容が明らかになった今となっては、改版したがゆえに検閲に触れたのではなく、検閲によって改作させるために改版を強要したのではないかとさえ感じさせるものがある。

放浪記には、「安寧秩序紊乱《あんねいちつじよびんらん》」、及び「風俗壊乱《ふうぞくかいらん》」の双方で、検閲による伏せ字が施された部分がある。治安と猥褻の双方で伏せ字されながら、ベストセラーとなった作品は珍しい。治安に関しては前節で見たとおりだが、伏せ字復元作業にとって、「風俗壊乱」とみなされた猥褻表現を復元するのは難問である。

いわゆる猥褻とみなされる表現は、治安に触れる思想表現のような定型的なものではなく、隠語をはじめとして無数にある。わずか2文字、3文字の伏せ字といえども、オリジナル原稿が失われている以上、著者に対しても、読者に対しても、校訂者が確信を持てないまま、安易な復元をしてはいけない。当初は伏せ字のすべてを復元することを目標にするのではなく、可能な限りという条件つきの復元もやむを得ないと考えていた。復元の難しい伏せ字は、伏せ字のママ提示することが、責任を持った校訂作業である。ところが、放浪記全テキストのデータ化作業に取りかかったところ、それまで幾度、黙読と音読を繰り返しても見えてこなかった、著者の癖が見えてくるようになった。それが、前節で述べた言葉遊びの技法である。また、第三部は日本警察の検閲から自由に執筆されたため伏せ字がない。幸いだったのは、その伏せ字のない第三部からデータ化にとりかかったことである。著者芙美子の伸び伸びとした筆遣いを先に体感することができたため、言葉遊びの手法をもって、第一部・第二部の伏せ字を見直すことができたのである。

その後の改版本で、序章にどのように手が入れられたのかを見てみよう。傍線で示す。□□は、活字が削り取られて紙面に空白が生じた部分。昭和14年版では「戰爭」という言葉をいったんは禁句にしながら、昭和16年版では「戰爭」を話題にせよと言っている。問題の当初の伏せ字は、昭和12年版では、「何か投げては」と改作され、投げたものを詮索するなということになった。これは、昭和14

年版でも16年版でも異同がないが、戦後の復刊版の昭和21年版において、ようやく手がかりが与えられた。初版の伏せ字8文字のうち、5文字は「涙をためて」だと初めて明かしてくれたのである。


指の無い淫賣婦だけは、いつも元氣で酒を呑んでゐた。

「戰爭でも始まるとよかな」

此淫賣婦の持論は、いつも戰爭の話だつた。人がどんどん死ぬのが氣味がいゝと云つた。此世の中が、煮えくり返へるやうになるといゝと云つた。炭坑にうんと金が流れて來るといゝと云つた。

「あんたは、ほんまによか生れつきな」

母にかう云はれると、指の無い淫賣婦は、

「叔母つさんまで、そぎやん思ふとんなはると……」

彼女は窓から何か投げては淋しさうに笑つてゐた。


（昭和12年版）


——そのころ、指の無い淫賣婦だけは、いつも元氣で酒を呑んでゐた。

「□□でも始まるとよかな。」

この淫賣婦の持論はいつも□□の話だつた。人がどんどん□□のが□□がいゝと云つた、この世の中が、□□□□□□やうになるといゝと云つた。炭坑にうんと金が流れて來るといゝと云つてゐた。「あんたは、ほんまによか生れつきな」母にかう云はれると、指の無い淫賣婦は、「小母つさんまで、そぎやん思ふとんなはると……」彼女は窓から何か投げては淋しさうに笑つてゐた。

——そのころ、指の無い淫賣婦だけは、いつも元氣で酒を呑んでゐた。

この淫賣婦の持論はいつも戰爭の話だつた。

「あんたは、ほんまによか生れつきな」母にかう云はれると、指の無い淫賣婦は、

「小母つさんまで、そぎやん思ふとんなはると……」彼女は窓から何か投げては淋しさうに笑つてゐた。


（昭和14年版）


指の無い淫賣婦だけは、いつも元氣で酒を呑んでゐた。

——戰爭でも始まるとよかな。

此の淫賣婦の持論は、いつも戰爭の話だつた。

人がどんどん死ぬのが氣味がいいと云つた。此世の中が、煮えくり返るやうになるとい丶と云つた。炭坑にうんと金が流れて來るとい丶と云つた。

——あんたは、ほんまによか生れつきな。

母にかう云はれると、指の無い淫賣婦は、

——叔母つさんまで、そぎやん思ふとんなはると……。

彼女はいつぱい涙をためて淋しさうに笑つてゐた。


（昭和16年版）

（昭和21年版）

——そのころ、指の無い淫賣婦だけは、いつも元氣で酒を呑んでゐた。
「戦争でも始まるとよかな。」
この淫賣婦の持論はいつも戦争の話だつた。この世の中が、ひつくりかへるやうになるとい、と云つた。炭坑にうんと金が流れて來るとい、と云つてゐた。「あんたは、ほんまによか生れつきな」母にかう云はれると、指の無い淫賣婦は、「小母つさんまで、そぎやん思ふとんなはると……」彼女は窓から何か投げては淋しさうに笑つてゐた。

（昭和22年版）

昭和21年版において、ようやく解読のヒントが与えられた。しかし「涙をためて」は「淋しさうに笑」うという言葉には掛かるが、「窓から投げ」るものには掛からない。復刊版でも、何を投げたのかは分からない。オリジナル原稿が失われているため、芙美子と改造社は、わずかに「涙」というキーワードを記憶の引き出しから取り出したにとどまる。そこで、原文とキーワードの双方を生かすため、「彼女はいつぱい涙をためた○○○を、窓《まど》から投《な》げて」という文脈を導いた。検閲係官が「猥褻」だと判断した言葉は何か。結論を述べると、その3文字を「朱《あか》い舌《した》」と特定して復元した。

彼女《かのぢよ》はいつぱい涙をためた朱《あか》い舌《した》を、窓から投げて淋しさうに笑つてゐた。

（復元版）

この「朱い舌」とは、「指のない淫賣婦」の「腹を一巻きして、臍のところに朱い舌を出した蛇の文身《いれずみ》」から導いた。放浪記において、芙美子自身を除いては、最も強烈なキャラクターが、この「指のない淫賣婦」である。以下、「涙をためて」をヒントにした、伏せ字の解読作業を述べる。

では「指のない淫賣婦」が「涙をため」て、「窓から投げた」「猥褻」なものとは何かを特定しなければならない。具体的な物体でなくとも、言葉や仕草や表情なら「投げかける」ことはできる。そこで、第一部「裸になつて」に目を転じると、そこに次の詩文が挿入されていた。

花が咲きたいんぢやなく
強権者《きやうけんしや》が花を咲かさせるのです

貧《まづ》しい娘さん達は
夜になると
果實《くだもの》のやうに脣《くちびる》を
大空に投げるのですつてさ

（復元版「裸になつて」）

「脣を投げる」という表現は「投げキッス」を連想させる。「貧しい娘さん達の投げキッス」には「猥褻」さはないが、「指のない淫賣婦」が、窓から投げかけるように「涙をためた朱い舌」を出したとしたら、それは確かに「猥褻」だと感じさせる。何しろ、その「朱い舌」は「文身《いれずみ》の蛇の朱い舌」を連想させるからである。

さらに、この「裸になつて」に施された伏せ字もヒントになった。昭和14年版「裸になつて」では、「花が咲きたいんぢやなく／強権者が花を咲かさせるのです」の一連が、全文抹消されていた。つまり、「富者」や「権力者」を意味する「強権者」という言葉の有無により、「貧しい娘さん達の投げキッス」は、「哀しみの投げキッス」にもなれば、「喜びの投げキッス」にもなる。検閲当局は、「貧しい娘さん達」の背後に、「強権者」の存在を暗示することが目障りだったのである。

その検閲の視点で、「涙をためて」をヒントに、改めて問題の伏せ字部分を見直すと、そこには検閲当局にとって「反抗的な猥褻」表現がなくてはならない。そうすると、哀しい「淫賣婦」の、淋しくも反抗的な笑いを象徴する「涙をためた朱い舌」が浮かび上がってきたのである。

以上が、この「風俗壊乱」による伏せ字の原テキストを特定するに至った解読過程である。芙美子の連想ゲームという言葉遊びに検閲当局が着目し、その検閲の傷跡から、逆に芙美子の言葉遊びが浮かび上がってきたのである。とはいえ、仮説と言うしかなく、諸家のご批判を仰ぎたい。

なお、雑誌連載で16番目に発表された「淫賣婦と飯屋」が、この序章につづく第1章として編集された理由は二つ考えられる。一つは、「指のない淫賣婦」のような強烈なキャラクターを登場させた直後に、カフェーの女給の楽屋話「秋が來たんだ」が続いたのでは、本編としては面白くない。ここは、「淫賣婦」が刑事の追跡を逃れ、木賃宿の芙美子の蒲団に飛び込んで来るという描写の「淫賣婦と飯屋」を配置すると、序章の余韻が本編につながる。二つめは、「淫賣婦」つながりにより、芙美子の好きな言葉遊びの一つ「尻取りゲーム」が成立する。絶妙な編集と言うしかない。
しかしながら、単行本に編集する際、各短編末尾に年次を付すことにより、歌日記物語短編集という性格を持たせるため、単行本第1章には、最も若い年次「一九二二」を付さざるを得なくなった。この短編は、関東大震災の翌年の設定だから、本来は「一九二四」であるべきところ、編集の妙を優先させるため、あえて「一九二二」としたのである。そのため、読者や改造社から指摘を受けたのか、改造文庫本（昭和8年）に編集する際、年次を「一九二四」と訂正している。もともと、実体験と創作を織り交ぜた作品なのだから、多少の年次の違和感は構わないと思うのだが、読者にはすべてが実体験と感じさせるものがあり、それが改版本での年次訂正につながったのかも知れない。この年次については、第6節、及び巻末に全編を通した年次考証を付したので参照されたい。

　第二部「自殺前」に、同じく「猥褻」表現で3ヶ所も伏せ字が施された文節がある。こちらの伏せ字は、わずか2文字ずつの単語だが、ここも、オリジナル原稿が出現したわけではなく、復元には時間を要した伏せ字である。ただし、「涙をためた朱《あか》い舌《した》」を伏せ字復元作業の上級編とすると、こちらは中級編。考証過程は省略して、答えを示す。

　赤《あか》いメリンス、白《しろ》い腰《こし》つぎのある××の幻想《げんさう》は、エクスターシイは、蒼《あを》ざめた××に血《ち》の上《あが》つて來《く》るコドクの女、私の××を抱いた兩手《りやうて》の中《なか》には、着物《きもの》や帯《おび》や半衿《はんえり》のあらゆる汚《けが》れから來《く》る體臭《たいしう》のモンターヂュ、匂《にほ》ひの編輯者《へんしふしや》か！。

（昭和5年初版より）

こちらの伏せ字は、それぞれ「情事の幻想」、「蒼ざめた太腿」、「乳房を抱いた兩手」と復元した。いずれも、伏せ字の施されなかった第三部や、詩集『蒼馬を見たり』に、そっくり同じ描写があり、補うことができた。参考までに、その後の改版本での補修作業の跡を示しておく。

赤いメリンス、白い腰つぎのある××の幻想は、エクスターシイは、蒼ざめて血の上つて來るコドクの女、私のむねを抱いた兩手の中には、着物や帯や半衿のあらゆる汚れから來る體臭のモンターヂュ。

（昭和12年版より）

蒼ざめて血の上つて來る孤獨の女よ、むねを抱いた兩手の中には、着物や帯や半衿のあらゆる汚れから來る體臭のモンターヂュなり。

（昭和14年版より）

赤いメリンス、白い腰つぎのある幻想は、エクスターシイは、蒼ざめた顔に血の上つて來るコドクの女、私の兩手の中には、着物や帯や半衿のあらゆる汚れから來る體臭のモンターヂュ、匂ひの編輯者か！。

（昭和21年版より）

昭和21年の復刊版は、初版の伏せ字を復元しようと試みたことはよく分かるのだが、「風俗壊乱」による伏せ字は、いかんせん、オリジナル原稿が出現しない限り、著者本人でさえ記憶の復元が難しいのである。芙美子と改造社に代わり、テキスト復元に挑戦したゆえんである。

第二部「寝床のない女」にわずか2文字一ヶ所の伏せ字がある。答えは巻末のテキスト校訂一覧に示してあるが、初級編のため、答えを見ずに、復元に挑戦していただきたい。

「カフェーの客つて、みんなジュウね、××と鼻ばかり赤くして」。

ヒントは隠語である。

【放浪記校訂覚え帖】第二部「海の祭」には、芙美子がにわか新聞記者になって秋田《あきた》雨雀《うじゃく》を取材する場面がある。

雑誌初出においても改造社単行本においても「××女性新聞社」と伏せ字され、戦後の昭和22年新潮文庫本において、はじめて「新興女性新聞社」と復元された。しかし、昭和54年の新版新潮文庫本において、再び「××女性新聞社」と伏せ字された。初版当時、「新興」という言葉は一種の流行語で、「前衛」を意味することが多かった。検閲当局が伏せ字を施した意図は分からないでもないが、昭和54年に新潮社が再び伏せ字を施す意味が分からない。

第6節　関東大震災と二人のフミ子

新版『何が私をこうさせたか』

芙美子と放浪記には、関東大震災の記憶が深く刻まれている。また、震災だけではなく、芙美子の少女放浪時代には、鹿児島桜島の大噴火にも遭遇している。この桜島大噴火は、大正3年1月12日から約2年間も続いた。芙美子は、遅くとも大正3年10月には、鹿児島の叔母や祖母のもとに預けられていた。まさに大噴火の渦中に鹿児島に降り立ったことになる。噴煙もさることながら、翌大正4年にも溶岩の流出が続いたという。ゆえに、芙美子は十歳《じっさい》で桜島大噴火に遭遇し、二十歳《はたち》で関東大震災に遭遇したことになる。この二つの天災に遭遇した文学者も珍しいだろう。その噴火を連想させる描写も放浪記にはある。第三部「酒眼鏡」から。

私の詩を面白おかしく讀まれてはたまらない。ダダイズムの詩と人は云ふ。私の詩がダダイズムの詩であつてたまるものか。私は私と云ふ人間から煙《けむり》を噴《ふ》いてゐるのです。イズムで文學があるものか！　只、人間の煙《けむり》を噴《ふ》く。私は煙《けむり》を頭のてつぺんから噴《ふ》いてゐるのだ。

たしかに、芙美子の詩は火山の噴火のように激しい。十歳《じっさい》のフミコに刻まれた大噴火の記憶は、戦後作の第三部においても薄れることがないのである。

本節で述べるもう一人のフミ子とは、金子《かねこ》ふみ子のことである。大正12年の関東大震災当時、夫朴烈《パクヨル》とともに検束され、刑法第73条大逆罪で死刑判決を受け、大正15年7月、栃木刑務所で獄死した、そのふみ子が、市谷刑務所で書いた獄中手記の表題が『何が私をかうさせたか』である。林芙美子による、金子ふみ子獄中記の書評を紹介する。掲載されたのは『讀賣新聞』（昭和6年7月30日付と31日付）。芙美子がここまで絶賛する書評は滅多にない。

金子ふみ子獄中手記『何が私をかうさせたか』　林芙美子

いま、午前三時だ。非常なコオフンをもつて、此の書を讀み上げた。私は久し振りに本を讀んで泣いた。重く腫れあがつた瞼の内から、清水のやうに涙が湧く。何の涙であらうか？

彼女は、何度も何度も轉々として、まるで品物のやうに薄い肉親の間をぐるぐるまはつて養育された。父から離れ、小さい兄弟からも亦、一番愛してくれる筈の母親からも、私はそこで、私の幼い時を思ひ出して胸が熱くなつた。私も彼女と同じやうに、父から離れ、兄弟から別れて行つたが、母は縁づいても私を連れて行く事を條件としたし、私の義父は幸ひにも、こよなくよい父親であつた。

然し彼女の母はこんなに彼女に言つてゐる。「だがねふみ子や、仕合せな事に、お前を貰つてくれるところがあるんだよ。そこは、うちみたいに貧乏でないし、しまひには玉の輿にさへ乘れるかも知れないんだよ」そこで、私はまた此の様な事を思ひ出す。「お母さん、私を少しの間賣つて下さい、三人でお腹を空かせるのは悲しいから」そう云つて、私は母と神樂坂の口入屋を次々とさがし廻つて義父に叱られた事があつた。が、私には貧乏しても母と義父の愛情があつた。だのに彼女には、貧乏でしかも愛情と云ふものを、誰からも與へられなかつた。

此の著者は始めに、文法などには餘り拘らないで欲しいと云つてゐるが、その言葉もうれしいことであつた。だが文章なども讀んで行くと文法に拘らないどころではない。作家的な良心がキラキラ光つてゐて、私は近來讀了したものゝうちで、これは水準以上の藝術作品だとさへ思つた。此の人は昔からいゝ詩や歌を書いて居たが、その關係からか餘計な文字をつかはないで、迫つて來るいゝ言葉を澤山知つてゐる。

彼女を殺さないで、作家への道を辿らせたならば、今頃はかならず面白いものが出來てゐたことであらう。

「父」「母」「小林の生れ故鄕」「母の實家」「朝鮮での私の生活」「村に還る」これらを讀んで、誰か淚しないものがあるであらうか！　私達は、長い間子供の生活を忘れてゐる。彼女の、父や母を書いた頁を讀んでゐると、子供の瞳に寫つた大人の世界が、大人の規律が、純白な銀幕に、汚點のやうに大きく擴がつて行く。何と云ふがつしりした描寫であらうか、ここを讀んでゐると、「なぜだらう?」と首をかしげる子供の氣持ちが、短篇小説の姿で、私の心を樂しませ、淚さした。

何が私をかうさせたかは、何が彼女を死なせたか？　であらう。四歳で私は父母のふしだらを見、私は早熟であつたとさへ著者は告白してゐるが、世の子供を持つ人達、教師も僧侶も苦學生も、あらゆる人達よ、此の血で綴られた一女性の死ぬまでの手記を、どうぞ一讀して下さいと私は聲を大きくして勧めたい。

これこそはえぬきのプロレタリヤ小説である。我々の聖書でさへある。

芙美子が他人《ひと》の作品を評するときは、褒めるにしろ、けなすにしろ歯に衣着せぬ率直な物言いをするが、かくまで絶賛することは滅多にない。二人の年齢はほぼ同じ。「ほぼ」と言うのは、金子ふみ子の場合、出生届がなされず無籍で育ったから、正確な生年月日は分からないのである。定住場所を与えられない境遇も似通っている。上京後、露天商売で若い心身をすり減らしたことも共通する。性的に早熟なところも共通している。だが、何よりも共通しているのは、その詩的な魂であろう。いかなる境遇にあっても、意にそわぬことには服従しない自由の精神を持ち続けたところである。芙美子はこの遺著を読んで、自分自身を見る思いがしたに違いない。

とはいえ、芙美子とふみ子を分かつものにもまた、芙美子は自覚して書いている。それは、母の愛情に尽きる。母キクさんの愛情がなければ、芙美子はまかり間違えば、金子ふみ子になっていたかも知れないし、管野《かんの》すがになっていたかも知れない、と私は思う。この書評にまつまでもなく、放浪記は、母と娘の物語でもある。試みに、放浪記における「母」の文字を拾ってみたところ、300ヶ所以上もあった。ほぼ全頁にわたり、「母」の文字のない描写はないと言って差し支えない。「オッカサン」

もあれば、「母さん」、「お母さん」もある。さすがに年齢を重ねた戦後作では「母」や「母親」がめだつようになるが、「母」を語ることに変わりはない。そのことを自覚するがゆえに、ふみ子の遺著が、芙美子自身を省みさせたのである。

それにしても、芙美子は、この書評のなかで、ふみ子の作品につき「此の人は昔からい丶詩や歌を書いて居た」と言っている。林芙美子の年譜研究では、生前の金子ふみ子との接点は見当たらない。芙美子が上京した大正11年春から、関東大震災までの間に、この二人にどのような接点があったのか、芙美子研究の謎は尽きない。

さて、本節では、金子ふみ子とは異なるもう一人のフミ子を語らなければならない。放浪記において、関東大震災を直接のテーマにした短編が、第二部「三白草の花」であることは説明するまでもない。ここで、芙美子は酒船に乗って東京を脱出するという離れ業を演ずるのだが、もう一つ、東京に居残り、露店商売で稼いだという設定の「職業遭難記」という作品がある。芙美子の年譜研究を揺るがす作品なので、可能な限り原文を紹介する。「三白草の花」の初出は『女人藝術』(昭和4年9月号)。この作品は『婦人運動』(昭和4年7月号・8月号)での連載。つまり、震災直後を描いた作品2点のうち、1点は東京に居残り、もう1点は東京を脱出するというまったく反対の作品を、同時に別々の雑誌に発表していたのである。この「職業遭難記」は、「全六話」で構成されており、それぞれが放浪記各短編の原型でもあり、別バージョンでもある。「第一話」は、『改造』(昭和4年10月号)で発表した「九州炭坑街放浪記」の原型のようでもあるし、「第二話」は、第二部「八つ山ホテル」の設定とよく似ている。要するに、もう一つのミニ放浪記とも言える作品なのである。関東大震災に遭遇するのは「第四話」。そこでは、芙美子が当時住んでいたのは根津ではなく、新宿の植木屋という設定。茅場町の株屋の店員に採用された場面から。これは第二部「茅場町」の原型である。

職業遭難記　林芙美子

四

月給をもらつた嬉しさは何にたとへる術もない。父や母の笑顔を見た時、親孝行つてこんなに譯のないものかと思つた。

私はやうやく株式店の空氣にも馴れて、女のお客が來ると、相場會社によく共をして出掛けて行つた。パンパンと叩く男性的な快味、賣つた買つたの群衆の上に、勇ましく手を叩いては、兩手をひろげる事務員の姿に私はうつとりせずにはゐられなかつた。

だが、かうした所は誘惑が多い。

重役のA氏は二人の女事務員を淺草に贅つてやると云ふので、私達は子供のやうに喜ろこんで手を打つた。

荻の谷と私とA氏と小僧の四人は自動車で淺草に乗りつけて、第一にはいつたのが帝京座の安來節だ。

A氏は栃木の人で大地主だつた。安來節に驚いてしまつた私は、何も興味が持てなくて、暖い寝床へ歸へりたかつた。

ちん屋で牛鍋をつゝいたり、すべてはお上品でない遊びだつた。

（中略）

それからあの震災である。

私は今でも茅場町から、大久保までの道程をよく歩いたものだと思ふ。

勿論社を燒かれてしまつては、どこへ努めやうもなかつた。震災は九月一日だつたので、月給はもう前の日にもらつたばかりだつた。

三日目から震災の街を親子で見て歩いた。

私達の家は、植木屋で、庭が廣く、少しも恐れることはいらなかつた。

荒れた街には、急ごしらへのすいとん屋、ゆであづき、煙草屋、マスク賣りなどの大道商人が急がしく立ち働いてゐた。

このまゝでは、飢へてしまはなければならない。故鄕へ歸へる人は無賃で汽車へ乘せてくれたが、別に歸へらなければならない古里もない私達は、何か商賣しやうと明けても暮れても考へにふけつた。

三十五圓の私の月給袋も殘り少なになつて、氣が焦るばかりだつた。

一日父が歩いて、思ひついて來たのは、あべかは餅と、つけ燒だつた。餅はいゝと云ふので、新宿のガード横の古道具屋で荷車を一臺一月ぎめで借りると、二つの七輪や、皿や、餅をのつけて、三人で丸の内の市役所前の鋪道にヒラヒラとしたテントを張つた。

煉瓦崩しの人夫が澤山ゐて、餅はまたゝく間に賣れ、電車が無いので父は歩いて、餅屋をさがしに行つたりした。

まゝたく間に日比谷公園に、食道新道が出來たり、私達のならびもこうした店でいつぱいになつた。

食ひ逃げがあつたり、夕方手傳つてくれる夕刊賣りの子供達ちに、固い賣れ殘りを分けてやつても、七八圓のもうけがあつた。

燒けた餅を、蒸し釜の湯に入れて、黄な粉にまぶすのが一番よく賣れた。

だが、その商賣もきはもので、市役所が出來たり、鋪道が少しづゝなほると、退却命令で、なつかしい赤煉瓦の土工たちとも別れなければならなかつた。

二ヶ月あまりで、私達はその餅屋のお蔭で二百圓近い金を得た。父も母も此時こそ九州へ下らなければ、又放浪しなければならないと云ふので、歸へりたがらない私に諦めて、父母は又遠い九州に去つた。

五

たつた一人ぽつちになつた。

野の一本杉のやうに、頼りどころのない私は、三十圓の金で二月ばかり植木屋の二疊に煤けてゐた。

自動車の女車掌も受けて見たが、目が悪るくてはねられてしまつた。

そしてやうやう見付かつたのは、本郷八重垣町の、レースの問屋だつた。ハンカチだの、テーブル掛、カーテン、毛糸を商ふ店で、丁度冬なので、毛糸が山のやうに積んであつた。

私はそこの小賣部に月三十圓で努めるやうになつた。住み馴れた大久保を引きはらつて、本郷千駄木町の、小さな洋服裁縫所の二疊を借りて、毎日その店に通よつた。

家賃は五圓。押入れがないので行李の上に蒲團を積んだりして、窮屈だつた。

店の仕事は、毛糸を買ひに來る客相手で、風船のやうにふくらがつた毛糸に埋れて、私は毎日々々本を讀んだ。

電車賃はいらないし、お米は五升あれば足りるし、夜は六時に歸へれるし、自由にのびのびと暮らす事が出來た。

あざみと云ふ詩のパンフレットを出したのもその頃だつた。

二ヶ月目には、又そこを止めなければならなかつた。店が左り前で、思はしくなく、私が一番不用になつたので、七圓ばかりの日給をもらふと、淋しい失業者になつてしまつた。

又、新聞の廣告欄が必要になつた。部屋を借りて暮らす事が不安になつた。女中でもいゝから住み込みたい。

——女書生をもとむ子供好きの方
それは文士の家庭だつた。よく京都のお女郎の事を書く人で、もう相當の年配の人だつた。

あくる日荷物をすつかり、洋服屋にあづけて、東中野の奥の近松氏の宅へ私は始めて小間使ひに住み込んだ。（後略）

この後、「第六話」では、セルロイドの色塗り女工の話や「役者だつたその男」との短い結婚生活に触れ、カフェーの女給暮らしにも言及される。

この「職業遭難記」を発表した『婦人運動』は、奥《おく》むめお編集の雑誌で、芙美子は、『女人藝術』に「黍畑」を発表する前に、詩篇「蒼馬の夢を見た」を、同誌昭和3年5月号に寄稿している。『女人藝術』と『改造』で発表した放浪記各短編の原型的作品が、この雑誌に発表されていても不思議ではない。震災後の露店商売もありそうな話ではある。しかしながら、この作品を芙美子の年譜研究の材料にすると、東京に居殘った芙美子と、東京を脱出した芙美子が二人居なくてはならなくなる。現実の芙美子の実体験がどうであったのかは、作品とは別問題である。あくまで、関東大震災が、芙美子に設定の異なる二種の作品を書かせたということである。ただし、この「職業遭難記／第五話」の描写では、近松秋江家の女中勤めは、震災から6ヶ月後の翌年2月頃ということになり、他の短編との整合性がとれる。果たして現実の芙美子はどこに居たのだろうか。

【放浪記校訂覚え帖】「職業遭難記／第四話」が、第二部「茅場町」の原型であることは確かであり、そうであるならば、「茅場町」の年次は「一九二二」ではなく、震災時の「一九二三」でなくてはならなくなる。ところが、そうなると、震災後、酒船で東京を脱出したという設定の「三白草の花」とは大きな矛盾が生じ、放浪記全体の文脈破綻が生じてしまう。それゆえ、初版では「一九二二」という年次を付し、改造文庫本（昭和8年）で年次を抹消せざるを得なくなったのである。これは、巻末の「年次考証」で補足したので参照されたい。

第7節　南天堂とアバンギャルド

本郷は白山上の、階上カフェを兼ねた書店南天堂は、震災後の前衛芸術家達のたまり場として、つとに知られている。だが、昭和5年頃、経営者松岡虎王麿《まつおかとらおうまろ》が手放さざるを得なくなったため、松岡の南天堂は、その後伝説となってしまった。その全容は、寺島珠雄《てらしまたまお》著『南天堂』により、ようやく光があてられた。

芙美子にとっても、南天堂の存在と、そこで知り合った藝術家達の熱気に触発されなければ、放浪記は生まれなかったかも知れない。南天堂は、震災での類焼を免れたという物理的条件に加え、震災時に大杉榮《おおすぎさかえ》らを奪われたアナキスト達の鬱屈が蓄積されたことで、まれに見る狂騒的舞台となったのである。

では、放浪記において描かれた南天堂はというと、これが意外に少ない。昭和5年の初版では、第一部「赤いスリッパ」で一ヶ所、戦後作の第三部でも、「神様と糠」に一ヶ所あるにすぎない。その理由は二つある。一つは、実生活で関係を持った、田辺若男《たなべわかお》と野村吉哉《のむらきちや》につき、昭和5年初版では、

『太平洋詩人』

いっさい実名を出さなかったことと関連する。芙美子を南天堂に連れていったのは田辺若男だと言われているし、野村吉哉との出会いもまた、南天堂以外に考えられない。存命している二人の実名を出さないという自制を自らに課した以上、南天堂の名を出す機会も限られる。もう一つは、大杉亡きあとの、労働運動社と南天堂との関わりにつき、筆を押さえなければならないこと。甘粕事件の仇討ちのため、戒厳司令官福田雅太郎《ふくだまさたろう》を襲撃する企てに、この南天堂の舞台は大きく関わっている。芙美子が、福田襲撃事件に関わったことはないと思うが、放浪記執筆当時、芙美子は、この襲撃事件において、南天堂が果たした役割は充分知っていた。ゆえに、南天堂の名を出す機会は限られたのである。これは、次節のテーマとする。第三部から、その狂騒場面を引用する。

今日も南天堂は酔ひどれでいつぱい。辻潤《つじじゅん》の禿頭に口紅がついてゐる。淺草のオペラ館で、木村時子につけて貰つた紅だと御自慢。集るもの、宮嶋資夫《みやじますけを》、五十里幸太郎《いそりかうたらう》、片岡鐵兵《かたをかてつぺい》、渡邊渡《わたなべわたる》、壺井《つぼゐ》繁治《しげぢ》、岡本潤《をかもとじゅん》。

五十里さん、俺の家には金の茶釜がいくつもあると吻鳴つてゐる。

なにかはしらねど、こころわあびて……渡邊渡が眼を細くして唄つてゐる。私はお釋迦様の詩を朗讀する。

第三部「神様と糠」より

この文中に登場する人物のうち、渡邊渡が編集した雑誌『太平洋詩人』（大正15年12月号）に、放浪記「秋が來たんだ」の原型作品がはじめて掲載された。題名は「秋の日記」。今のところ、のちに放浪記の副題をふして『女人藝術』に発表された作品の原型と言えるものの初出が、この「秋の日記」である。「秋が來たんだ」は『女人藝術』連載第1回作品だから、その原型たる「秋の日記」が、ののちの放浪記初出原型と考えるのである。もちろん、今後、知られざる詩誌が出現し、そこに放浪記の原型作品が埋もれていることもあろう。『女人藝術』以前の詩誌・雑誌には、解明されていないものが多々ある。『太平洋詩人』は大正15年5月創刊で、創刊号にも芙美子の詩「一人旅」が掲載され、次号にも、詩「火花の鎖」が掲載されている。その原型作の一部を紹介する。「秋が來たんだ」との異同部分に傍線をふした。

秋の日記　林芙美子

九月×日

一尺四方の四角な天窓を眺めて、始めて紫色に澄んだ空を見た。秋が來たんだ、コック部屋で御飯をたべながら、私は遠い田舍の秋をどんなにか戀しく懐かしく思つた。

秋はいゝな……

今日も一人女が來た。マシマロのように白つぽい一寸面白い話をもつてそうな女。

いやになつてしまふ。なぜか、人が戀ひしい。そのくせどの客の顔も一つの商品に見へて、どの人の顔からも熱とか光りとかみえない。なんでもいゝ私はキングを讀むまねをして、じつと色んな事を考へてゐた。

九月×日

少しばかりの金が出來たので久し振りに日本髪に結ふ。日本髪はいゝな、青いタケナガをかけて、桃割に結つた自分が可愛い。

鏡に色目をつかつたつて、鏡がほれてくれるばかり。女らしいね。白いエプロンが氣に入らない。どつか行きたい。汽車に乗つて行きたい。

隣の本屋で銀貨を一圓札にかへてもらつておつかさんの手紙の中に入れてやつた。喜ぶだらう……。

ドラ焼を買つてたべた。

今日は二百十日だ。ひどい嵐、雨が降る。

こんな日は淋しい。足がガラスのように冷へる。

九月×日

たのまれた詩を一編、客の切間にかき上げた。働いてゐる時は一字一字が、魚のようにピンピンはねあがりさう。

『そのうちユミちゃん、俺んちへ遊びに行かないか』三年も女給をしてゐるお計ちゃんが、男のような言葉で私をさそつてくれた。『行くは』私はそれまで金を貯めよう。いゝなあこんな處の女達の方が、よつぽど親切だ。

（中略）

貴女一人に身も世も捨てた
私しや初戀しぼんだ花よ

ほんとに私にもしぼんだ初戀のおし花があるんだ。
何だか、可愛がつてくれる人がほしくなつた。でも男の人はうそつきが多いな。
金をためて、旅をしよう。

（つゞく）

殘念ながら、この（つづき）は見当たらないが、『太平洋詩人』の「秋の日記」が放浪記の初出原型であることは疑いない。

このうち、日付の「九月×日」が「秋が來たんだ」では「十月×日」に改稿された。『女人藝術』発行月にあわせたことは一目瞭然。そのため、「二百十日」も、「秋が來たんだ」では抹消された。雑誌『キング』の固有名詞が抹消されたことも面白い。婦人雑誌向けの改稿か。「金が出來た」は「小遣ひが貯つた」と、多少上品な表現に改稿された。

客の切れ間に詩を書く場面は、『女人藝術』では童話「魚になつた子供の話」に改稿された。「働いてゐる時は一字一字が、魚のようにピンピンはねあがりさう」というフレーズも捨てがたい。同じく『女人藝術』では抹消されてしまったが、「ほんとに私にもしぼんだ初戀のおし花があるんだ」があることで、直前の「私しや初戀しぼんだ花よ」が生きる。「秋が來たんだ」の方が、洗練されてはいるのだが、原テキストにもキラリと光る詩的表現があり、「秋が來たんだ」は、『女人藝術』連載第1回ゆえか、やや硬さが感じられるのである。

これらの異同部分のうち、芙美子のカフェ女給としての源氏名「ゆみちゃん」の名が早くも登場することは注目に値する。『女人藝術』連載でこの源氏名が使われるのは、連載第12回「秋の脣」（昭和

4年11月）が最初。連載第1回「秋が來たんだ」で何故抹消したのか。当初は、「芙美子」ではなく、「ゆみこ」という源氏名を持つカフェの女給物語を構想していた可能性がある。

さらに「どの人の顔からも熱とか光りとかみえない」という表現も注目される。『女人藝術』では「どの客の顔も疲れてゐる」と改稿されたが、原テキストと比較すると、改稿テキストが陳腐に見える。「熱と光」というフレーズは珍しいものではないかも知れないが、大正11年に創立された水平社創立大会の大会宣言に織り込まれたフレーズを想起させる。その宣言は「人の世に熱あれ、人間に光あれ」と結ばれる。芙美子が片思いを寄せる岡本潤の作品にも水平社に向けた詩があり、南天堂に集う前衛詩人達には、新しい大衆運動への共感がある。この大会宣言は詩情あふれる藝術作品としても知られており、芙美子がその詩的な宣言に着想したとしても不思議ではない。なお、岡本潤のその詩の題名は「共生の世界へ―水平社の人々に送る―」。詩誌『熱風』（大正11年8月）に発表されたが、『岡本潤全詩集』には収録されていない。

この「秋の日記」は、『女人藝術』以前の放浪記成立過程を解明するために欠かせない重要な原型作品である。芙美子の詩情と文才は、南天堂に集う前衛藝術家達に揉まれ、触発され、その発表の場が与えられたことで、花開いたと言えるのである。

【放浪記校訂覚え帖】川端康成著『淺草紅團』の女主人公の名も「弓子」。川端が朝日新聞に「淺草紅團」の連載を始めたとき、すでに芙美子の「秋の日記」は発表されていた。はたして偶然の一致なのだろうか。

第8節　アメチョコハウスと宮崎光男

発売開始から百年を超えて愛されるロングセラー、森永ミルクキャラメルは、大正期にはアメチョコと呼ばれていた。小川未明《おがわみめい》の童話「飴チョコの天使」は、このキャラメルパッケージのエンジェルマークに由来する。そのアメチョコの名が放浪記に一度だけ登場する。第一部「赤いスリッパ」の描写は次の通り。

六月×日　今日は隣りの八疊の部屋に別れた男の友人《ともだち》の五十里《いそり》さんが越して來る日だ。……團子坂の靜榮《しづえ》さんの下宿へ行く。『二人』と云ふ詩のパンフレットが出來てゐる筈だつたので元氣で坂をかけ上つた。……夕方から銀座の松月へ行く。ドンの詩の展覽會、私の下手な字が、麗々しく先頭を飾つてゐる。橋爪氏に會ふ。

新版『獄窓から』

六月×日……日曜なので、五十里さんと靜榮さんと、吉祥寺の宮崎光男《みやざきみつを》さんのアメチョコハウスに行く。夕方ポーチで遊んでゐたら、上野山清貢《うへのやまきよつぐ》と云ふ洋畫を描く人が遊びに來た。私は此の人と會ふのは二度目だ。……近松さんの家に女書生にはいつてた時、此の人は茫々とした姿で、牛の畫を賣りに來た事がある。……——一九二四——

文中の「別れた男」とは新劇俳優田辺若男。「五十里さん」とは五十里幸太郎。田辺若男の市民座を手伝っていた。南天堂の半従業員でもあり、のちに内海正性《うつみまさなり》の浅草カジノフォーリーにも関与する。「靜榮さん」とは言うまでもなく友谷靜榮。「ドン」とは詩人ドン・ザッキーこと都崎友雄《つざきともお》。芙美子も寄稿した詩誌『世界詩人』を主宰していた。「橋爪氏」とは『文藝公論』を主宰した橋爪健《はしづめけん》。「宮崎光男」は当時、休職処分中の東京日日新聞記者。南天堂の常連客でもあった。「上野山清貢」は牛の絵で知られる画家。寺島珠雄著『南天堂』によれば、上野山は、のちに詩人岡本潤のおでんや「ごろにや」開店祝いに、牛の絵を提供したという。「近松さん」とは、近松秋江。第一部「淫賣婦と飯屋」では、芙美子が近松家で子守女中をしていたことになっている。その「淫賣婦と飯屋」は、昭和5年の初版では「一九二二年十二月」のこととされていたが、昭和8年の改造文庫本では「一九二四年十二月」と訂正された。この「赤いスリッパ」は「一九二四年六月」だから、登場人物の一人上野山は、タイムスリップしなければこの文脈はなりたたない。そこで、芙美子は昭和8年版で「赤いスリッパ」の年次を抹消せざるを得なくなったわけである。だが、この年次抹消と月次にはもう一つの重要な秘密が隠されている。

その秘密が「アメチョコハウス」にある。宮崎が関東大震災のあと、郊外の吉祥寺に建てた家が「アメチョコハウス」と呼ばれるようになったのは、森永ミルクキャラメルのパッケージの色に似ていたからだが、屋根が彩色されていたのか、壁が彩色されていたのか、諸説あって定かではない。この当時、村山知義《むらやまともよし》や岡田龍夫《おかだたつお》など、マヴォ（MAVO）の同人たちが、関東大震災の後に建てられた知人の家を、ペンキで落書きのように彩色してまわっていたと伝わっている。宮崎の家も、マヴォイストたちの前衛芸術の場にされたのかも知れない。「赤いスリッパ」には、貧しく、若く、才能あふれる藝術家が数多く登場する。一読すると、文字通り青春のグラフィティとも言うべき、若き藝術家たちの交歓を感じさせる。

しかしながら、このとき、宮崎のアメチョコハウスをアジトとして潜伏していたのが、和田久太郎《わだきゅうたろう》であったという予備知識をもって「赤いスリッパ」を読むと、作品世界は一変する。久太郎が、大杉《おおすぎ》榮《さかえ》、伊藤野枝《いとうのえ》、橘宗一《たちばなむねかず》らの仇討ちのため、戒厳司令官福田雅太郎を襲撃したのは同年「九月一日」。その朝まで、久太郎がこのアメチョコハウスに潜伏していたことは、松下竜一著『久さん伝』や、小松隆二著『大正自由人物語』で言及されてきた。よく知られた事実なのだが、久太郎が、いつから何故宮崎宅をアジトにするようになったのかが分からなかった。また、芙美子が友谷靜榮と詩のリーフレット『二人』を実際に出したのは、同年「七月二十五日」。「赤いスリッパ」では「六月」のこととされている。事実を正確に反映したものではない。ゆえに芙美子の描写は年次や月次に記憶違いが多いと、諸家が口を揃えて苦言を呈している。寺島珠雄著『南天堂』もその例にもれず、その考証は綿密である。一例をあげると、田辺若男著『俳優』によれば、田辺らの市民座が四谷で公演をしたのは同年「六月二十一日」なのに、放浪記「百面相」では「四月」のこととしている。ゆえに寺島は「なぜ林芙美子はちょっとした粉飾を施したのか。こだわりはしないが不思議ではある」と苦言を呈したのである。ここは、芙美子に代わり、寺島『南天堂』の苦言に答えたい。

私も寺島の疑問と同じく、芙美子がアメチョコハウスに遊びに行ったのは、「八月」はじめであったと考える。宮崎宅への手土産にするものがあるとすれば、それは詩集『二人』だからである。しかしながら、芙美子が事実通りに「八月」と書いていたら、どのような事態になるだろうか。この作品は発禁処分を受け、日の目を見ることはなかったであろう。その理由は以下のとおり。

放浪記に和田久太郎の名は登場しないが、芙美子は久太郎と親しかったことを、以下の雑誌と新聞で公言している。いずれも放浪記の『女人藝術』連載中のことである。

「その頃のこと」（『婦人運動』昭和4年3月号）。
「漢談漢談（上・下）」（『讀賣新聞』昭和5年4月25日・27日）。
「男を嗤ふ」（『婦人公論』昭和5年6月号）。

雑誌『婦人運動』は、奥むめお編集の女性雑誌。芙美子曰く、「その頃私は田端の奥に住んでゐた。和田久太郎のピストル事件のあつた時だから九月だ。知人だつたものだから、私も家宅捜索をやられたり、瀧ノ川署に引つぱられたりして、私は私の努めさきもおじやんになつて」しまった。

『讀賣新聞』に掲載した「漢談漢談」を見ると、芙美子だけでなく、警察は郷里の母親キクさんまで訊問したようだ。「大正十三年、和田久太郎のピストル事件のあつた時、私も引つぱられて行つた事があつたが、その時、古里の家へしらべに行つたポリスに、「何でもやらせておりますけん、ほつておいておくんさい。」と、母はかう云つたさうな」。この母にしてこの娘あり。

『婦人公論』には、もっとびっくりすることが書いてある。「九月、丁度和田久太郎が、福田大將を××した事件の後、私はその朝彼に會つてゐたので、×××署に引つぱられて行つた」。

福田襲撃事件の当日、久太郎と芙美子が会っていたというのが事実なら、その事自体が大事件。私も半信半疑なのだが、『讀賣新聞』掲載のタイトルには驚嘆する。「漠談漠談」という文字から受ける印象は「漠然とした雑談」。だが、発音をすると「バクダンバクダン」即ち「爆弾爆弾」と読める。これも、文字の字義ではなく発音によって別の意味を持たせる言葉遊びの手法。検閲当局を欺いた一例である。放浪記にも、随所にこのような掛け言葉があり、黙読ではなく発声して音読することにより、はじめて芙美子の意図が分かる。

久太郎とともに福田襲撃を計画した村木源次郎《むらきげんじろう》によれば、村木が所持していた拳銃を久太郎に手渡したのは、同年「八月十五日」。場所はこのアメチョコハウスであった。さらに、村木が手持ちの拳銃を久太郎に渡すため、新たな拳銃を五十里幸太郎から40円で買ったのが、南天堂の二階。

よって、芙美子が五十里に伴われ、アメチョコハウスを訪れた目的は、宮崎のほかに、福田襲撃を目前にした和田久太郎であった可能性が高い。五十里が友谷と芙美子を伴ったのも、警察の尾行の目をくらますカモフラージュの効果がある。五十里はこのとき、警視庁の特別要視察人指定を受けていた。刑事の尾行を欺かなければならない。五十里は、村木と久太郎をつなぐ伝言係であった可能性もある。

芙美子が「赤いスリッパ」では久太郎の名を隠し、宮崎宅への訪問日を「六月」にしたのは、検閲当局に福田襲撃事件を連想させないための工夫であった。実際には「六月」に行われた市民座の四谷公演を「四月」にしたのは、逆算の結果であり、決して記憶違いではない。検閲当局には、「四谷」と「四月」の数字遊びと感じさせ、政治犯との関係に注意を向けさせないためである。昭和8年の改造文庫本において、年次を抹消したもう一つの理由がここにある。その宮崎光男とは何者なのか？

宮崎は明治28年、佐賀県生まれ。京城の善隣商業学校卒業後、日本電報通信社、福岡日日新聞、実業之世界社を経て、大正5年東京日日新聞入社。同紙に松浦貧郎のペンネームで小説「沼の彼方」を発表。大正12年4月から2年間の休職処分中、新聞社から半給を貰いながら、北原鐵雄《きたはらてつお》のアルス社において、近藤憲二《こんどうけんじ》、和田久太郎とともにアルバイトをしていた。大正12年11月号の『文藝春秋』に、「反逆者の片影――大杉榮を偲ぶ」を掲載。休職処分満了後に退社。建築請負業に転じて失敗。大正15年7月、芥川龍之介《あくたがわりゅうのすけ》の紹介で、『京城日報』紙に小説「途上」を発表。大正15年12月、讀賣新聞入社。昭和2年7月、同紙に「死直前の芥川君」を発表。昭和5年、新愛知新聞に転じたが、翌年12月、再び讀賣新聞に戻り、昭和16年には編集局長、取締役。昭和19年、ビルマ新聞社長。昭和20年10月、退社。その後、公職追放。昭和33年9月没。

上記のうち、『京城日報』で発表した小説については、嚴基權氏の研究があり、その他のプロフィールは『新聞人名辞典』で辿ることができる。大杉榮と芥川龍之介には、新聞記者としての交際範囲を越えた親交があり、建築業で失敗した際には、芥川から金銭の融通まで受けている。このようなプロフィールを見ると、芥川が、和田久太郎の遺著『獄窓から』を読んで「遠い秋田の刑務所の中にも天下の一俳人のゐることを知つた」（芥川著「獄中の俳人」）と激賞した背後に、宮崎の存在をうかがうことができる。面識のない芥川と久太郎の間に宮崎という仲介者をおくことで、この二人はつながるのである。

宮崎は、陸軍と国家に弓をひいた和田久太郎を匿っていたのだから、当然に警視庁の訊問を受けたのだが、幸いにも「九月一日」には実家のある佐賀県に帰省していたという不在証明《アリバイ》があり、連座を免れたのであった。あるいは、久太郎が宮崎に帰省を勧めたのかも知れない。

宮崎と同じ讀賣新聞の名物記者であった松尾邦之助《まつおくにのすけ》の回想録に、その宮崎と林芙美子の双方が登場する。パリ駐在が長かった松尾と芙美子の接点は、当然パリにある。松尾の『無頼記者、戦後日本を撃つ』によると、宮崎と松尾はベルリンオリンピックの取材にも同行した。松尾が評する宮崎は、「酒顛」というほどの酒浸りであったようだが、宮崎が特に親しかった三人、大杉榮は虐殺され、芥川龍之介は自死し、和田久太郎は裁判において、宮崎との親しい関係は否認したまま服罪し、秋田刑務所で獄死した。その和田久太郎の配慮で連座を免れたのだから、酒浸りにならない方が不思議と言わなければならない。

松尾は同書において、宮崎が「芙美子を世に出して有名にしたのは、オレだよ」などとホラを吹いていたと言うが、先に紹介した『讀賣新聞』（昭和5年4月25日付）のほか、同紙には芙美子の詩や随筆が数多く掲載されている。芙美子の原稿を採用する機縁が宮崎にあったとしたら、宮崎の言葉もまんざらホラではなかったということになる。宮崎の仲介か否かはともかくとして、『蒼馬を見たり』に収録され、放浪記第二部第1章「戀日」の冒頭に収録された詩「赤いマリ」も、『讀賣新聞』（大正14年4月26日付）で発表された。

宮崎のアメチョコハウスにつき、このような予備知識がなくとも、「赤いスリッパ」は若き藝術家たちの青春グラフィティとして楽しむことはできる。しかし、それが検閲を欺く手法と理解して読み直すと、放浪記の作品世界は一変するのである。

【放浪記校訂覚え帖】『讀賣新聞』（大正14年4月26日付）で発表され、『蒼馬を見たり』に収録された「赤いマリ」につき、それぞれテキストに若干の異同がある。初出「私は野つぱらへ、はふり出された赤いマリだ！」。詩集「私は野原へほうり出された赤いマリだ！」。放浪記「私は野原へほうり出された赤いマリ」。復元版では仮名遣いの補正にとどめた。詩篇単体としては「赤いマリだ！」を採りたいが、「戀日」は失恋を唄った短編なので、感嘆符をとることにより、失恋の歌に転用することができる。なお「赤いマリ」の他に、『讀賣新聞』（大正14年5月31日付）に、芙美子の詩「初夏の空に」が掲載されている。『林芙美子全詩集』（神無書房）には収録されていない。

第9節　野村吉哉（一）訣別の言葉

放浪記を「職業放浪記」ではなく、「男性放浪記」として読むと、野村吉哉は作品を盛り上げる「悪役」である。そして、板垣直子《いたがきなおこ》や平林たい子が、虚実を織りまぜた吉哉の行状描写を事実と誤読して流布したため、「悪役」吉哉が定着してしまった。

これに対し、吉哉を擁護したのが橋爪健である。橋爪曰く、「貧乏くじをひいた野村は、林芙美子と一年半ほど同棲したばかりに、芙美子の〈放浪記〉にすばらしい劇的効果をあたえ、自分は詩のかわりに悪名をのこすことになった。それは今もなお劇やラジオからテレビ、映畫にまであつかわれて、悪ダマの役をつづけている。華やかな胡蝶のかげにゲジゲジみたいに標本にされたこの野村吉哉の運命こそ、まさに残酷むざんと云うべきだろう」（橋爪著「芙美子阿修羅」より）。

橋爪は、過剰な吉哉悪役説に対して、芙美子を悪役にすることで吉哉を擁護したのだが、それでは板垣直子や平林たい子の誤読・誤伝と変わるところがない。

本書では、研究史で殆ど言及されていない資料を提供し、吉哉と芙美子の知られざる一面に光をあ

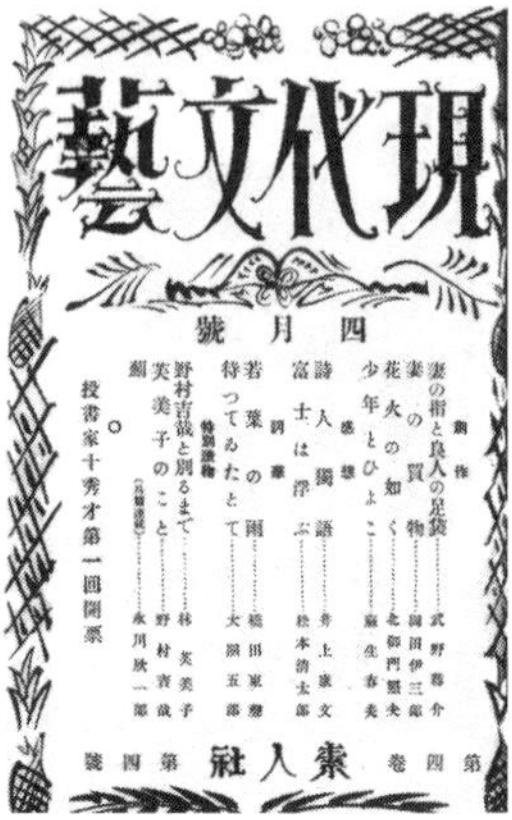

『現代文藝』昭和２年４月号

てみたい。まずは、『現代文藝』（昭和2年4月号、素人社《そじんしや》）より、原文のママ。二人の誌上公開訣別宣言である。同誌は金児農夫雄《かねこのぶお》編輯。文中で芙美子は渡邊渡を「親類」と言っている。渡邊は、愛媛県周桑郡壬生川《にゆうがわ》村出身だから、芙美子の実父宮田麻太郎《みやたあさたろう》とは隣村。実父と縁続きなのだろうか。また、この時はまだ出版に至らない第一詩集の題名は「火花の鎖」だとも言っている。これは、序文を寄せた辻潤もまた、『太平洋詩人』（昭和2年1月号）で、そのように述べた。事実なのだろう。

野村吉哉と別れるまで　林　芙美子

あの人とも別れて七ヶ月あまりになる。

最も別れたと云つても、時々は用事があつたりして合つてゐたが、此三ヶ月あまり尋ねた事もない。

女心と云ふのか、寒い晩なんか、體の弱はかつたあの人の事をふと思ひ出す事がある。が、それも自分の甘さに甘へてゐるようなものだと思ふと、舌打ちしたくなる。

あの人との三年間の同棲生活は私をしてすつかり常識的な人間にしてしまつた。だが、私は今更過ぎてしまつた、そして消へかけた夢なんか、書きたくはないと思ふけれど――。

別れてしまへばみんな好い人だ。

大正拾參年の秋、丁度私と友谷靜榮さんとで雑誌『二人』を出してゐた頃だと思ふ。

本郷の第三初音館に私は下宿してゐた。夢の多い時代である。靜榮さんは、三丁離れた、靜かなみづほ館といふ下宿に居た。その頃の女の友達と云へば、靜榮さんがたつた一人であつた。最もそれから、少したつて、平林たい子さんを知つた。

その頃の私は子供のように明るかった。詩も熱情的で、力があつた。そして自分の胸いつぱいに或人を戀ひしてゐた。が、それは結局どうにも出來なかつた事だつた。私は毎夜のように、女にはあるまじき程のすさみ方で酒を呑んでゐた。呑んで動けなくなると、人に送つてもらつたりして、今思ひ出しても冷汗のにじむような事ばかりだつた。

どんな事にでも、自信あり氣にピシピシ片づけて行く私にも、その戀愛は、失敗に終つてしまつた。それは生命賭の私の重荷であつたが、自分にごまかしてしまつてそれ切りになつてしまつた。

それからの私は、やけたゞれたような氣持ちであつた。いつまでもたまらない氣持ちで生きて行く事は出來なかつた。今思ひ出すと、私は野村とやけに同棲生活にはいつたような氣がする。

あの人のその頃の住居は、玉川の奥の、花に埋れた六疊と三疊のそまつなバラックであつた。小さな風呂敷包を二ッさげて、私は淋しい花嫁さんになつて行つた。

暗い灯の蔭で、あの人は机に向つてゐた。

家のまはりは高い樹木が立つてゐた。大きい池があつたのも私を氣味悪がらせた。

「君がおそいので、此電報を打つところだつたんだ」

さう云つて「クルニオヨバズ」といつたふうな、電報用紙を私に見せたりした。

男世帶の殺風景な部屋の中に座つて、しみじみ侘しさを感じた私は、どんなに東京へ歸へりたく思つた事だらう。

だが、それからの私は、段々家庭生活にも馴れて來た。借金の云ひわけも出來るようになつたし、金の工面にも行くようになつたし、此上もない常識的ないやな女になつてしまつた。

今、三年間の夫婦生活を切り上げてしまつて私は、もう結婚なんてコリコリだと思ふようになつてしまつた。女はやはり臺所が出來て、縫物の一通りもうまく出來る方が一番しあわせであるらしい。私達二人の場合は、二人共詩人であつたし、二人共原稿商賣だから、色々な意味で衝突してゐた。

こんな古絲をほごすような悲しい事は云ふまい……。三年間の夢がうすれて段々心の遠くに去つた以上、今更筆を怒らせて書く勇氣もない。

大正拾五年の春頃、私は喰ふために、新宿のカフェーに少し住込んでゐた事があつた。夫を持つた女が、他に住込んで働くつて云ふ事は、いかに切ない苦しい事であるか、私はその頃、同じ主義を持ち同じような時に働いてゐたたい子さんと、いつも話しあつては、色んな事ではげましあつてゐた。私もたい子さんも、そうした人ごみの中でよい勉強をした。

野村と一寸したいさかいがもとで、灰皿を投げられたり腕をけられたりして、すつかり氣をくさらせてしまつた私は、その日家を出てしまつた。その日は雨上りの暑い夕方だつた。その頃住んでゐた神樂坂の大莊寮は、野村と一緒になつて七回目の引越先でまだ越して間もない時だつた。

別れてその日は行場もないので、東京でたつた一人の親類である、渡邊渡さんの處へ二三日厄介になつて間もなくカフェーに住込んでしまつた。が、そこも十二月おしせまつて間もなく、たい子さんと二人で、本郷のコトブキヤ酒店の二階に引越してしまつた。

少し落ちついて勉強がしたかつたし、色々なものが書きたかつた。男に失敗した二人の女が、二階の一間を占領して、實に明るく自由に延び延びと暮したわけである。

こんなに筆をすべらして來たならば、何でもなく、うどんのように人生がのびて來たように思へるであらうが、野村と別れるには色々と原因があつた。變な或文學少女との三角的惱みも辛らかつたし、いゝかげん金の爲に神經を疲らされる事にもほとほといやになつてしまつて、焦々した氣持ちで別れる幾ヶ月間私は過ごしてきた。憂欝な、ごみ溜にでも捨てゝいゝような詩が出來て困つたり、ほんとにあんなにも自分を弱はらせた事はなかつた。結局、一人で考へ考へ、泣いたり笑つたりして、すつかり、そうしたわづらはしさから泡のように何もかも消へさせる事が出來た。やつぱり一つは月日がたつたからだらうとも思ふ。

今、そんな苦しんだ時代の事を考へるが、そんなにも胸をさわがせるような事もないし、何だか、うすれた寫眞を見るような氣がする。過古は遠くへ行け！

私は只、これから少しダイタンになりたく思ふ。一生懸命に勉強して、すなほに人を愛しよう。ひねくれた根がおそろしいまでに私の胸の奥深かく食ひいつてゐるが、何くそ！　私は、そんな古い根をみんな根こそぎ抜いてしまつて、生れ變りたいのだ。

何しろ、キウクツな、意識的常識とでも云ひたい妻君生活はまつぴら御免こおむつて、子供のように哄笑し、はれやかに縄跳びをしよう。勉強をしなくては嘘だと思ふ。

私の詩集「火花の鎖」も前から出すつもりでゐたが、色々と、これもわづらはしい事にさまたげられて、去年の秋出すのがのびのびになつてしまつた。やつぱり時間がなかつたり人をあてにしたり、あの人に變な風に裏切られたりしてしまつたが、もう近々出す事が出來るだらうと思ふ。せめて自分の詩集でも出たら、どんなに嬉しい事だらうか……。たよりにならない淋しい人の世に、せめて自分のスイートハートである詩集の出版は、どんなに私を喜こばせてくれる事であらう。兎に角、私は私のいじけた、いやな臭みを吐き出したいと思ふ。前の芙美子になつて、大砲のように筒抜けた感情の詩をつくり、自分の思想に花を咲かせたい。

昔の歌ではないが、戀も情もついふり捨てて……と云う文句がある。食へないとか、食へたとか、それが何であらう。自分一人の口すぎは働きさへすれば得られるではないか。働かないでプロレタリヤ詩人もおこがましい。カフェーで働く事をのみ輕蔑してゐたそこいらのヘボ文士や詩人共を今こそ嘲笑ひ返へしてやる。

もう春も近い。今頃の夜は美しい興奮をもつ。働いてい丶ものを書かう、そして清かな情熱で人生をおして行かう。

芙美子のこと　　野村吉哉

小生と林芙美子との終始を書けとのことですが、ようやくその不快なる種々の追憶から遠ざかることができるようになつた現在では、願くばその過ぎ去つた事柄については心を用ひたくない氣持に努力してゐるのです。

それにもう、すべては一年も昔に解決のついた事なのです。今更らそんな昔の耻を明るみへ出して物笑ひの種になるのも男らしくないと思ひます。どうかお許しください。（了）

寡黙な吉哉に代わり、彼の略歴を紹介する。略歴は、吉哉が主宰した雑誌『童話時代』第60号「野村吉哉追悼號」（昭和15年10月30日）より引用する。岩田宏氏によると、戸籍上は「明治34年生まれ」とのことだが、ここでは原文のママとする。『童話時代』では「自傳（一）」とあるが、初出の『新興文学全集』に従い「略伝」とし、『童話時代』に収録された「自傳（三）」の一部を紹介する。この自伝には、芙美子の九州炭坑街放浪記とそっくりなフレーズがある。「私は生れながらの漂泊者で故郷といふものを持つてゐない」。芙美子は読んだのだろうか。

野村吉哉略伝

明治三十六年一月十五日京都市に生れた。三歳の時、母の弟である中嶋氏に貰はれて、滋賀縣伊香郡伊香具村といふところの祖母の許に行つた。まもなく中嶋氏に伴はれて上京した。が中嶋氏は當時志を立てゝ満洲に赴いたので、五歳の時満洲へ連れられて行つた。奉天公主嶺に居て、翌年滋賀縣の祖母の許に歸つた。

賤ヶ岳を背に、竹生島に對した琵琶湖の小さな村で生長した。毎日一里の山道を越へて、隣村の小學校へ通つた。

十歳の時、再び満洲長春（新京）の養父母の許へ行き、長春小學校を卒業するまで居た。が、養母ヨネ氏のヒステリー的虐遇は憤激に堪へざるものあらしめ、生家に歸へりたき事を主張し、さうして京都の實家に戻つた。が、生家の事情又面白からず、約一年にして無斷家出した。浮世の無情を感じ死を決し、大津に行つて湖畔をさまよつた。不良少年に救はれ京都の染物屋に年期奉公に賣られた。間もなく飛び出し生家より京都同志社へ學ぶ。

大正七年無斷上京した。十六歳の時であつた。上京後は養母の兄である千葉龜雄氏の許へ身を寄せたり、色々の職についた。

大正十一年頃から詩を書くことを覺え、當時勃興しはじめた、プロレタリア文藝に就いて感想を書いた。大正十二年「中央公論」の依頼に應じて、プロ派作家評を書いてより文筆生活に入る。その當時讀賣新聞社學藝部客員となる。昭和三年頃から昭和七年頃まで、文筆生活を中絶。

昭和八年童話時代發刊。病弱を押して童話時代發行をつゞけた。昭和十五年八月卅日午前一時永眠。享年三十八歳。

自傳（三）滋賀縣に寄せる言葉

私は生れながらの漂泊者で故郷といふものを持つてゐない。嚴密に言ふと私は京都に生れた。が、その京都には物心が付いてから合計三年ばかりしか住んだ事がない。私は生れてすぐ母の故郷である滋賀縣へ貰はれて行つたのである。（中略）
私は若し死なねばならぬやうなことがあつたら、或は又どうにか生きて行けさうな見當がついたら、いづれにしても近い内に旅費をつくつて、「木の本」の驛から一里半もある田圃道や山道を越え、私を育ぐんでくれた故鄕の村を訪づれたいと思つてゐる。
もう何十年も御無沙汰してゐるのだから、顔を知つてゐる人もないだらう。默つて村の細い道を一ぺん通り、そして峠から私の父賤ヶ岳、私の母琵琶湖に挨拶して歸つて來るだけで満足だと思ふ。
（昭和三年頃發表、雜誌名不明）（了）

第10節　野村吉哉（二）貧乏詩人の日記

先に紹介した訣別の言葉の中で、芙美子は吉哉との暮らしにつき、「二人共詩人であつたし、二人共原稿商賣だから、色々な意味で衝突してゐた」と語った。この「衝突」という言葉が連想させるのは、芙美子がよく語る、雑誌社への原稿売り込みのことだが、もう一つ、文学修行そのものを意味するところはないのだろうか。少なくとも、二人の出会い当時は、吉哉の方が先輩詩人であったし、先輩童話作家でもあった。芙美子の詩作は、自身が言うとおり「大砲のように筒抜けた感情」を唄うことだが、先輩詩人の吉哉に学ぶことも多々あっただろうし、はたまた創作そのもので衝突することもあっただろうと思う。そして、詩や童話の売り込みは、幾つかの詩誌・雑誌で実現しており、二人の名を同じ雑誌に見る事ができる。いくつか拾ってみた。『少年』『少女』は時事新報社発行。

野村吉哉の作品

童話「町裏の音樂家」（『少年』大正12年6月）。

『文章倶楽部』大正14年8月号

童話「旅藝人の少女」（『少女』大正12年7月）。

童話「焼跡の幸福」（『少女』大正12年11月）。

詩「鳩の瞳」（『少女』大正13年3月）。

童話「ローマの使者」（『少女』大正13年6月）。

評論「若き詩壇の曙」（『讀賣新聞』大正13年6月22日）。

翻訳童話「三つの銅貨」（『少年』大正13年7月）。

童話「少女童話劇団」（『少女』大正13年10月）。

翻訳「日本ものがたり」（『少年』大正13年11月）。

童話「北斗七星」（『少年』大正14年1月）。

童話「新吉の忍術」（『少年』大正14年2月）。

評論「次に來るべき文藝（上・下）」（『讀賣新聞』大正14年6月21日・24日）。


このうち、時事新報社の『少女』には、芙美子の詩「異人屋敷の晝」（大正14年4月）、「裏門」（大正14年6月）があり、『讀賣新聞』には、芙美子の「赤いマリ」（大正14年4月26日）、「初夏の空に」（大正14年5月31日）がある。この当時、吉哉は讀賣新聞社の客員だから、まれには吉哉が芙美子の作品を売り込んだこともあろう。吉哉と芙美子の童話や詩篇は、あちこちに埋もれている。

本節で特に紹介するのは、吉哉の作品でありながら、まるで放浪記「粗忽者の涙」の原型のような作品「貧乏詩人の日記」である。『文章倶楽部』大正14年8月号の掲載だから、まさしく、吉哉と芙美子をモデルにした現在進行形の日記体である。これは、岩田宏編『魂の配達　野村吉哉作品集』（草思社）に全文が収録されているが、芙美子研究ではほとんど関心が持たれていないようだ。平林たい子も言及していない。同じ大正14年の『文章倶楽部』には、芙美子の詩「善魔と悪魔」（大正14年5月）が掲載され、翌年にも「十月の海」（大正15年5月）が掲載されている。芙美子が吉哉の作品を雑誌社に売り歩いたという言葉を疑う理由はなく、そうであるならば、この「貧乏詩人の日記」も、芙美子が新潮社に売り込んだ可能性がある。このタイトルが言う「貧乏詩人」とは、吉哉と芙美子を含む詩人仲間達のこと。芙美子が好んで使った数字遊びの技法も織り込まれ、著者の名前がなければ、芙美子の作品かと錯覚してしまう。全文は、雑誌原本または、岩田宏編『魂の配達』を御覧いただくとして、一部を引用する。

文壇小景　貧乏詩人の日記　　野村吉哉

×月×日

「まだ寝てゐるのかい？」

表で怒鳴る聲に目をさました。布團をはねのけて玄關を開ける。宮崎九六と、その後に加藤四郎がつゞいて入つてくる。

「やあ……」

と言ふ。加藤は「觸手」といふ雑誌を出してゐる詩人で、宮崎は僕の職工時代以來の相棒で、同じく詩人だ。彼は四五日前に、何度目かの上京をして來たのだ。

「よう、もう起きてるナ」

と、また玄關で聲。出てみると松本淳三が愛犬のバン公を連れて覗いてゐる。

隣りの壺井繁治の家で、松本が買つてきた大福餠を食ひながら話をする。彼の「詩を生む人」社主催で詩の講演會をやるので、それについて話をする。

「この間は景氣がよかつたさうだね」

「うん、だが干あがりかけてゐた時だから、たつた三日で、又もとの空つケツさ……」

僕が言ふ。事實十日ばかり前に五十圓ばかり這入つたのだつたが、久しく切りつめた生活を餘儀なくされてゐたあげくなので、多年の懸案だつた妻の机を買ふこともしないうちに、たつた三日で無一文になつてしまつたのである。

飯の支度ができたとの報告で、家へ歸つて松本、加藤、宮崎等と共に食卓をかこむ。

食後、松本は講演會のことで新聞社廻りをすると言つて出かけて行く。

曇り空から時々霧のやうな雨が降つてくる。

壺井もやつて來て、みんなで花とトランプをして夕方まで遊ぶ。

夕方素麺を買つて來て食ふ。今朝で米は無くなつたのだが、米を買ひ入れるのには、金が不足なのだ。

九時頃みんなは歸つた。

昨夜山川景太郎君がやつて來て頼まれた「新興詩壇」への感想を書かうとしたが、書けないのでやめる。

×月×日

めづらしく早く目が醒める。

起きたがさて米もなく金もない。が案外妻も自分も平氣な顔をしてゐる。貧乏も永年つづけてゐると、それが普通のやうな氣持ちになつて大して苦にもならない。

即ち二三冊の書物を賣りに行かせて、米を一升買はせる。

食事の半ばに佐藤剛生がやつて來る。彼は一ヶ月ばかり前に上京したが、すぐ食ふことができなくなつたと云ふので、この近くに部屋を借りて僕のところへ飯を食ひに毎日來てゐるのだ。一二度やつて來たばかりで、どういふ人間であるかよく判らない彼が、さういふことを申し出でた時、僕達二人すら時々飯の食へなくなる狀態である身の上なので、少なからず閉口した。しかし友人の宮崎が、臺湾放浪時代に種々世話になつてゐるので、遂に承諾してしまつたのである。

食後しばらく話して佐藤君は歸る。

このごろ怠けてばかりゐるので、奮然として机に向ふ。かねて催促されてゐる自著「哲學講話」の增補をはじめる。幸ひによく賣れるので、今度普及版を作るとの話だつたのを、無理に待つて貰つて、氣に入らないところを書き直し改訂增補をすることにしたのである。

じとじとと、雨は降つたりやんだりする。今日あたりから梅雨になつたらしい。

夜「抒情詩」の渡邊渡君に手紙を書く。かくて詩人協會が成立して、僕にも會員になるやうにとの通知があつた時、どうもお慈悲で加へてやるぞ、と云つた文面だつたのが癪に障つたのと、顔ぶれが何れも詩話會員のカスを有難くかつぎ上げてゐるやうな樣子が蟲が好かなかつたのである。

それで僕が「詩話會の出店」みたいですね。と言つたことに對して、「その文句を取消せ」とやられてゐたのである。

「既成されたるものに甘んじてゐる位なら、新しい集團や運動をやる必要はない。眞劍にやるつもりなら、どちらか一方の會員を辞して、二又大根でない人々ばかりにして欲しい。さう云ふケイベツすべき人々が編輯委員だなんて、一體誰がそんな專斷をやつたのです。まさに出店としか思はれないから、取消さない」

といつた意味のことを書く。これでグズグズ言へば脱退するまでだと思つたりする。

飯田徳太郎が遊びに來る。宮崎も來て、十二時頃の夜更けを三人で散歩する。

（中略）

×月×日

心配してゐた天候も、連日の梅雨空に似合はず晴れてゐる。

宮崎が來て、壺井と、壺井のところにゐる黒島君と、妻と、僕と五人で家を出る。

三軒茶屋の近くまで來て、かねて「文學評論」へのせるために來てゐた萩原恭次郎の詩を、今日朗讀するから持つて行くやうに頼まれてゐたのを忘れたことに氣がついて、壺井があわてゝ取りに戻る。

會場である芝の協調會館へ來ると、入口に大原暢夫君が來てゐてくれる。

百五十人ばかり入つてゐる。

松本が開會の辭をやつて、三四人詩の朗讀があつた後、辻潤が、ラチもない話をやる。

（中略）

萩原は、座席から驅けて行つて演壇に飛び上つて朗讀をはじめる藝當をやる。彼の詩は朗讀しても、やつぱり未來派風な効果を見せた。

妻も朗讀をする。

おしまひ頃、萩原と壺井と僕の三人で、二階から「文學評論」のビラと、僕の近く出る詩集「三角形の太陽」のビラを雪のごとく撒布する。閉會後、一行三十餘名、ぞろぞろと列をつくつて銀座まで歩いて、結局パウリスタでコーヒーを一杯づゝ飲んで別れる。

松本は一門を集めて、これから一杯やるらしく相談してゐる。歸りに出入の酒屋から焼酎を一本とつて、壺井のところで飲みながらウツプンを晴らすことにした。

（中略）

×月×日

このごろどうも頭が雜漠になつて、少しも落ち付かないのはどうしたものか。

貧乏のせゐばかりでもないらしい。

詩も書けない。イライラしてばかりゐるのだ。こんな氣持ちが、もつとこれからも續くやうでは全くやりきれない。

（中略）

宮崎がニコニコしながらやつて來る。

「雪ちやんから手紙が來た」のださうである。妻と三人で散歩をする。

て來た。

　佐藤が、やつぱりこれも戀人の夢路（藝者）から金を送つて來たので、一杯やらうと言つてやつ
「それは奇特だよ」といふので、壺井と黑島君とを呼んで、みんなで酒宴をやる。

　二升飮んでしまつて、更に追加をする。飮むほどに、醉ふほどに、各自祕蔵の唄をやる。僕は日頃の酒癖が惡くなる。

　第一に癪に障ることは、妻の有様だ。女だてらに酒を飮んで、歌を唄つたりしてゐやがる。僕はまづ茶碗に一杯滿々とついで、グッとあふつた。サテこれからだ。

　僕はまづその茶碗を食卓に叩き付けた。それから手當り次第に、德利から、皿から、片つぱしから叩き破つて、結局食卓をけとばしたついでに、妻の脊中を、力まかせにけとばした。醉ひ倒れてゐた壺井があわてゝ抱き止めたが、もう間に合はなかつた。前から來る佐藤の横つ腹を足をあげてけとばし、再び起き上るところを床の間に叩き倒した。

　抱きとめる壺井と宮崎の横つ面を二つ三つなぐり付けて、それで結局オシマヒにしたが、散亂した部屋の中をながめて、やつと蟲がをさまつた。これで僕は意識がとても明瞭なんだから不思議だ。をさまつたのは僕だが、をさまらないのは佐藤で、猛然として飛びかゝらうとした。しかし、黑島君と宮崎に抱きつかれて、動くこともできない。

　宮崎に手傳つて貰つて部屋を掃除してゐる妻をみると、「ザマア見やがれ」と愉快になつた。

「おい！　一寸來い！」と、再び僕は妻を呼び寄せた。

「女のくせにナンテ有様だ！　即刻出て行け！」

僕は力まかせに彼女をなぐり付けた。そしてなぐるやら、けとばすやら、ヒイヒイ聲を立てる彼女を半死半生にした。

聲を聞いて、壺井が驅け付けて來た。抱きとめられた僕は布團にもぐり込みながら、泣きながら語つてゐる妻の聲を聞いた。

「いつもいつも私をなぐりつけるんです。本當に傷の絶える間はないのです。今日まで我慢してゐたのですが……」

「もう電車もないのだし、まあまあ……」

壺井がとめてゐる。

「家庭の私事だ。放つとけ放つとけ」

僕は布團の中から壺井にどなつた。（了）

6日分の日記体の中から4日分を抜粋した。はじめて、この作品を見たとき、放浪記第一部「粗忽者の涙」の別バージョンかと目を疑った。大正14年8月号だから、「×月×日」ではなく、梅雨にちなんで「六月×日」「七月×日」としてあれば、「一」から「十」までの数字をつなぐ数字遊びが完成する。芙美子の放浪記「粗忽者の涙」は、「五月」「六月」「七月」である。もちろん、吉哉と芙美子をモデルにしているのだから、芙美子が描く作品と似ていない方がおかしいのだが、それにしても、この他に、「コーヒーを一杯……松本は一門を集め……これから一杯やるらしく……出入の酒屋から焼酎を一本とつて」のごとく、「一」並びの数字遊びも意識的だ。描写の題材はもとより、描写の技法も似ているところが、偶然の一致とは思えないゆえんである。
そして、この作品を新潮社に持ち込んだのが芙美子であったとしたら、吉哉の暴力が果たしてどこまで事実であったのか、という疑いを起こさせる。登場人物の一人壺井繁治の『激流の魚・壺井繁治自伝』を見ても、ここまでは立ち入っていない。程度の差はあれ、夫婦喧嘩はめずらしいものではない。この作品も売り込み原稿である以上、吉哉がことさらに偽悪を装い、デフォルメしたものなのかも知れないし、のちに芙美子がさらに仮構を施し、放浪記の材料にしたとしても不思議ではないと思うのである。

【放浪記校訂覚え帖】第一部「粗忽者の涙」初版本に、一ヶ所不思議な伏せ字がある。初出の『女人藝術』では「六月×日」とされた日付部分が、改造社版で「××××」と伏せ字されたのである。放浪記全編の中で、日付が伏せ字されたのはこの一ヶ所だけ。ところが、昭和12年版で「六月×日」と初出に戻されたため、なぜ伏せ字されたのかが分からなかった。昭和21年の復刊版に、その答えがあった。そこには日付の替わりに「革命はまだ。」と書かれていたのである。ということは、芙美子が、改造社単行本で意識的に書き換えを行ったため、検閲に触れたことになる。ただし、「革命はまだ。」では6文字になってしまう。そこで、復元版では4文字の文字数に整えるため、「革命來《こ》ず」と校訂した。芙美子の「粗忽者の涙」にも、検閲を欺こうとする仮構がある。

第11節　野村吉哉（三）童話時代

野村吉哉の業績を追いかけてみて驚いたことの一つに、アンデルセン童話の翻訳がある。原題「絵のない絵本」という題名で知られるこの作品を、吉哉は「月の物語」と訳している。月が毎夜、空から見た地上のできごとを33夜にわたり、若い画家に語るという設定だから、「月の物語」と訳すことも自然である。その「絵のない絵本」を、日本ではじめてドイツ語から全訳したのが野村吉哉であった。現存する版本を拾うと、次のように版を重ねていた。

野村吉哉訳・アンデルセン著『月の物語』丁未出版社、大正12年5月20日。
野村吉哉訳・アンデルセン著『畫のない畫帖 月の物語』丁未出版社、大正14年3月20日。
野村吉哉訳・アンデルセン著『月の物語』有隣堂、昭和21年10月30日。

初版の紙型が関東大震災で焼失したため、大正14年に改めて版組をしたとき、『畫のない畫帖 月の

『童話時代』昭和17年11月

物語』と改題したのであった。戦後版は、すでに吉哉没後のことだから、アンデルセン翻訳者としての吉哉の業績は継承されていたことになる。

吉哉没後、妻沢子さんにより、次のような吉哉の童話集と文学論が残されている。

野村吉哉著『柿の木のある家』文昭堂、昭和16年4月。

野村吉哉著『ふるさとの山』不二出版、昭和17年7月。

野村吉哉著『童話文学の問題』平路社、昭和18年12月。

野村吉哉著『少年少女のためのやさしい聖書』昭和出版、昭和23年5月。

童話作家としての吉哉の業績として、特筆しなければならないのは、病と貧窮のもとで、昭和8年9月から、亡くなる昭和15年まで、雑誌『童話時代』を全60号にわたり刊行しつづけたことである。全60号のバックナンバーすべてを所蔵している機関はないが、神奈川近代文学館に数多くのバックナンバーが寄贈されたことで、約半分のバックナンバーを閲覧することが可能になった。同館には、全60号のうち、第60号（昭和15年10月、野村吉哉追悼号）を含む32号分とここに掲載した「野村吉哉三周忌追悼輯」がある。

このうち、第30号（昭和11年8月号）には、寄稿作家の一覧がある。南江二郎《なんえじろう》、水谷まさる、森野《もりの》鍛冶哉《かじや》、北林透馬《きたばやしとうま》、尾崎一雄《おざきかずお》、尾崎喜八《おざききはち》、大槻憲二《おおつきけんじ》、英美子《はなぶさよしこ》、峰専治《みねせんじ》、高群逸枝《たかむれいつえ》、坪田譲治《つぼたじょうじ》、深尾《ふかお》須磨子《すまこ》、金子光晴《かねこみつはる》、除村《よけむら》ヤエ、大隈敏雄《おおくまとしお》、高橋掬太郎《たかはしきくたろう》、福田正夫《ふくだまさお》、森三千代《もりみちよ》、碧静江《へきしずえ》、仲町貞子《なかまちさだこ》、

松田解子《まつだときこ》、細井《ほそい》あや子、神戸雄一《かんべゆういち》、與田準一《よだじゅんいち》、篠原雅雄《しのはらまさお》、野村吉司（吉哉）、伊東憲《いとうけん》、萩原恭次郎《はぎわらきょうじろう》、宮地嘉六《みやぢかろく》、古谷綱武《ふるやつなたけ》、槇本楠郎《まきもとくすろう》、小川未明《おがわみめい》、清水暉吉《しみずてるきち》、昇曙夢《のぼりしょむ》ほか。

　創刊からちょうど3年での第30号だから、ほぼ月刊発行を維持している。第31号から第60号までは4年を要したが、肺病と貧窮のもと、孤軍奮闘よく奮戦したものと言わなければならない。

　神奈川近代文学館のバックナンバーには、第43号から第59号までが欠号となっているが、北九州市立文学館が第51号（昭和14年4月号）を所蔵している。その第51号に、林芙美子の童話「鯛の鹽焼（四）」が掲載されている。

　表題にあるとおり、全四話で構成されているようだが、残念ながら（一）から（三）まではまだ出現していない。芙美子の母キクさんが、普段食べつけない「鯛の鹽焼」を食べたため、食あたりしたという他愛ない笑い話ではあるが、幸いだったのは、全四話のうちの第四話であったことで、末尾に「一九二四・一二」と記された執筆日付が分かったのである。この日付なら、芙美子が吉哉と同居しようとした時期にあたる。

　この作品が、他の童話雑誌に一度掲載されたものかどうかは分からないし、未発表であったとしたら、原稿がどのようにして芙美子から吉哉に渡ったものかも分からない。しかしながら、同人誌といえども、先に見たように、多くの作家が寄稿する雑誌として、作者に無断で掲載する筈がない。芙美子の諒解のもとに発表したと考えてよい。芙美子もまた、昭和14年には、これらの寄稿作家の一人として名を連ねたのであった。すると、吉哉と芙美子は誌上公開の訣別宣言をしてから十数年を経ても、お互いを文学者として評価していたと言えるのではなかろうか。

そして、『童話時代』第51号で予告された、少年童話雑誌と作品が出現した。その誌名は『親友』。発行・編輯名義人は、愛知県矢作町の平松勇だが、『童話時代』の予告と本誌の構成を照らせば、野村吉哉が実質的な編輯人と思われる。神奈川近代文学館所蔵の昭和14年7月号（第1巻第7号）に、芙美子の作品が掲載されていた。目次と紙面を紹介する。全28頁、1部10錢。無署名記事は除く。

『親友』（昭和14年7月号）目次

随筆河鹿……波場直矩
社會へ出て行く若き友へ……遠藤榮
赤帽と泥棒……沖野岩三郎《おきのいわさぶろう》
子供と泥棒……野村吉哉
俳句と友情……蕪坂蜷
俳句　戰線の譜……伊奈利治
草を踏みに來い……鈴木健吉
櫻と兵士……住田睦風《すみたぼくふう》
社長の夢……林芙美子
北滿の警備兵……野村吉哉

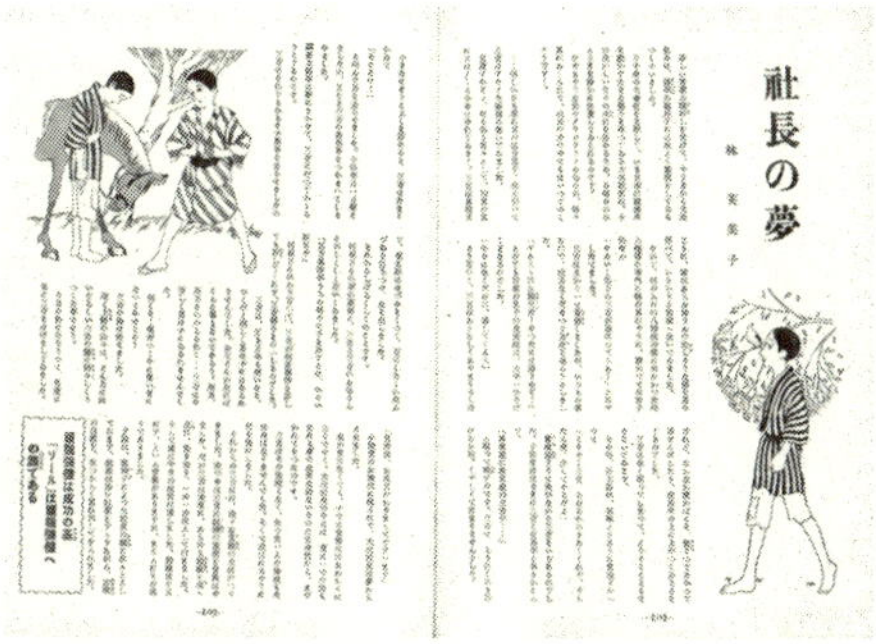
社長の夢
林芙美子

このうち、沖野岩三郎「赤帽と泥棒」と野村吉哉「子供と泥棒」は、仮想対談形式の時評である。

住田睦風は、童話時代社から童話集『とんぼの誘惑』（昭和13年）を出版している。芙美子の立志小説は、少年の挿絵とともに、見開きに編輯されている。この作品は旧作「大將の夢」を改題・改作したものだが、研究史では知られていない新資料でもあり、全文を原文のママ引用する。

社長の夢　林芙美子

涼しい青葉の陽射《ひざ》しを受けて、今さきから大池社長は、縁側の籐椅子に心地よく晝寝をしてゐらつしやいました。

三十余の大會社を支配して、いま日本の經濟界を動かす大きな勢力を持つてゐる大池社長は、その急がしい日々の疲《つか》れを休めるため、日曜日のひとときを靜かに休養してゐられるのです。むせるやうな庭のグラジヲラスの匂ひが、時々風におくられて、社長の夢の中にもはいつてゆくやうです——。

……淋しい日も暮れ方の追分道を、馬を引いて三吉はすたすた家路に急いでゐました。見渡すかぎり、野も山も青々として、初夏の風にさはさはと小草はゆれてゐます。三吉は鼻唄まじりに、家にあるお母さんの侘《わび》しさうな顔を思ひ浮べて、いそいそと我家へ急いてゐました。やがて、村の入口の八幡様の横に來かかつた時八幡様の境内に蜂の巣のやうに、群がつてゐた子供等が

「やあい！　馬方の三吉が通ほつてらあ！」とはやしたてました。

三吉は又かと一寸當惑《たうわく》しましたが、いつもの事なので、仕方なくだまつて其所《そこ》を通らうとしました。

「やあこゝはお關所《せきしよ》だ！　めつたには通さぬぞ！」

と中でも村長の息子の長太郎は、大手をひろげてどなるのでした。

「今日は急ぐだけに、通してくんろ」

さう言つて、三吉はおとなしくあやまりましたけれど、なかなか聞かばこそ、皆《みんな》よつてたかつて通せんぼしたり、荷馬車の上に上がつて悪るさをするのでした。

三吉は全く困つてしまつて、どうすることもできないでゐます。

その時、長太郎は、氣味よささうに意張りかへつて

「こりや！　三吉、お前おれのまたくぐれや、そしたら俺、許してやるだよ」

意地悪《いぢわる》さうに笑ひながら三吉をいぢめるのでした。子供等は遠まきに三吉と荷馬車を取りかこんで、

「馬車屋の馬車屋の三吉が……」

と唄つて噪《はや》すのです。三吉は、もう泣くにも泣けない程、くやしくてたまりませんでした。

小さなにぎりこぶしを固めると、三吉はたまりかねて

「そこどけ！」

と叫んで馬を走らせました。子供等は一寸驚きましたが、又ぢき三吉の荷馬車をつかまへてしまひました。

長太郎等は勢にまかせて、三吉に打つてかゝらうとするのです。

三吉はそれでもひるまず馬車を走らせましたので、長太郎ははづみをくつて、石にしたゝか向ふづねを打ちつけ、血を出しました。

それからしばらくしてのことです。

村長さんの家の裏庭に、三吉と三吉のお母さんとがしくしく泣いてゐました。

「馬方風情がうちの坊やに手を出すとは、ひどい奴ぢや」

村長さんはかう言つて、三吉が何度事情を話しても許《ゆる》してくれず、三吉親子をののしるのでした。

三吉は、父も兄弟も無い身を、つくづく淋しく思はずにはゐられませんでした。お父さんが居ればこんな事もないであらう。馬方、馬方とののしられて……三吉は口惜しく思はずにはゐられませんでした。

何くそ！　俺だつて今に偉い者になつてみせるぞ！

三吉の胸は燃えました。

遠く上總《かづさ》の山々は、どんなに此いぢらしい三吉の瞳《ひとみ》に神々《かうかう》しくうつゝてた事でせう。

月日の駒にむちうつて、希望は常に三吉をはげましてゐました。

「旦那様、お風呂がわきましてございます」

小間使のお美代に起されて、大池社長は夢からさめました。

私が言はなくても、すでに皆様にはおわかりになるでせう。大池社長の今日は、實に一寸の間も忘れる事の出來ぬ幼ない日の三吉時代から、きづかれてをつたのです。

三吉はその後間もなく、たつた一人の母親も失はねばなりませんでした。そして追はれるやうに村を後にしました。

それからの三吉には、様々な苦難《くなん》の生活がつゞきました。世の中は三吉に試錬《しれん》の重荷を脊負はせました。だが三吉は美事に、あらゆる艱難《かんなん》を堪《た》へ忍《しの》び、乗り切り、一歩一歩向上して行きました。そして遂に今日の地位に達しました。艱難汝を玉にす、といふ言葉がありますが、まことにその通りでありました。

夕陽は、籐椅子《いす》によつた社長の額《ひたひ》に赤々とさしてゐます。社長は冷い紅茶をすゝりながら、故郷《ふるさと》の自然を、なつかしく思ひ出してをられました。（了）

岩田宏氏によると、目的は不明だが、吉哉は昭和14年末、病躯をおして、愛知県は蒲郡に旅したという。当然に愛知県矢作町で発行された『親友』との関係を想起させる。その頃、『童話時代』の発行は中断していた。この『親友』と同年同月に発行された雑誌『むらさき』には、芙美子が体調不良のため、依頼された長編小説を休載するという「お詫び」が掲載されている。芙美子は、病と貧窮のもとで奮闘する吉哉に対する激励と援助のため、他誌の作品を休載してでも、この作品を寄稿したのではなかろうか。舞台や映画で形成されてきた、悪役吉哉と芙美子の救いのない愛憎物語は一変するのである。

第12節　平林たい子と山本虎三

放浪記は芙美子の実体験と創作を織り交ぜた小説である、とは分かっていても、芙美子の筆力ゆえか、読者はどうしても作中の芙美子と現実の芙美子を重ねてしまう。芙美子を評伝の対象とする場合もまた、年譜考証の材料を放浪記に求めることが多い。文藝評論家のものでは、板垣直子の評伝が先行し、作家の手になるものでは、平林たい子の評伝が代表例ということになろう。どちらも年譜考証にゆきづまった場合は、放浪記の叙述と芙美子の随筆に頼っている。それには、放浪記の登場人物の多くが実名で描かれたことが大きく影響している。小説なのに、仮名ではなく実名であることが、虚構を虚構と感じさせないのである。その実名で描かれた登場人物のなかで、ただ一人、昭和14年版の再検閲において、名前を「××」と伏せ字された人物が居る。それが平林たい子の最初の夫山本虎三《やまもととらぞう》である。すなわち、検閲当局もまた、放浪記の中に虚構と看過できないものを感じ取ったのである。昭和12年までは山本の実名を許容していたにもかかわらず、昭和14年には、実名の山本の存在が許せなくなったということになる。それが本節のテーマである。

『文學界』昭和26年6月号

たい子は放浪記に実名で登場する当事者だから、たい子が芙美子の年譜考証の材料を放浪記に求める場合、たい子自身をも俎上に載せなければならなくなる。そのため、たい子の芙美子評伝は、たい子と山本虎三との関わりを避けて描いているのだが、どうしても避けられない問題がある。それが第二部「酒屋の二階」の隠れたテーマ、大正から昭和への改元である。

放浪記を実話ではなく、完全な創作として見る場合においても、作品の時代考証にあたり、指標となるのは、関東大震災と大正から昭和への改元である。これは、同時代の日本人すべてに刻まれた消すことのできない記憶である。架空の設定と断ったとしても、震災の年次は「一九二三」でなくてはならないし、改元年次は「一九二六」でなくてはならない。雑誌初出で付した短編年次を単行本で書き換え、のちの改造文庫本（昭和8年）でさらに書き換えざるを得なかった理由がここにあり、昭和12年版において短編年次をすべて抹消させられた理由もまた、ここにある。このことにつき、平林たい子の言葉を二つ引用する。一つめは、『文學界』（昭和26年6月号）に掲載された「「文戰」時代の私」から。もう一つは評伝『林芙美子』（昭和44年）から。

「「文戰」時代の私」より

大正十五年は、大正天皇の逝去で暮れた。暮の二十六日に、林芙美子氏と二人で銀座をぶらつきながら、若い今の天皇と皇后の寫眞が飾り窓に出てゐるのを眺めて、くらしに困らない女の幸福といつたものを感じ、妬けつぽい氣持ちになつた。

それからまた無音のうちに、大正十五年になった。大正が昭和に変った激情的な日の晩には、どこからともなく待合せた私達は、銀座に出て行った。われわれにはわれわれなりの感動があった。ショウ・ウインドウに現われた若いローヤル・カップルの写真を覗いて、羨ましげに食う心配のないことを問題にした。それは、長い歴史の根をはった制度の問題よりも、豊かに食える原始的権勢としてわれわれの心を惹いた。

『林芙美子』より

たい子の「「文戦」時代の私」が発表された『文學界』（昭和26年6月号）は、5月20日に発売され、翌6月20日に発売された7月号に、たい子の随筆を受けて、芙美子の随筆「昭和初頭の頃」が掲載された。『平林たい子全集』の年譜によると、久しく交際が途絶えていた芙美子とたい子が再会したのは6月21日。再会を果たした二人が、二冊の『文學界』を持参したかどうかは分からないが、この再会が二人の永遠の別れともなった。両者への執筆依頼が同時であったのか、それともたい子の随筆を読んだ芙美子が原稿を持ち込んだのかどうかも分からない。だが、この旧友二人の再会を媒介した随筆二本に、当事者二人にしか分からない秘密が隠されている。芙美子が急死したのは、一週間後の6月28日。二人の再会を媒介したのが、私信ではなく、公開の随筆であったことは、まことに作家らしい生き様だと感じさせる。

では、たい子の随筆を受けて執筆された芙美子の随筆には何が書かれていたのか。『文學界』（昭和26年7月号）より引用する。雑誌原文のママ。芙美子が引用した詩は、「鯛を買ふ―たいさんに贈る―」。詩集『蒼馬を見たり』に収録され、放浪記「酒屋の二階」で引用された。

大正十五年の暮の二十六日に、私と平林たい子さんとで、銀座を歩いたことが、たい子さんの「文戰時代の私」に書かれてゐるが、たい子さんは、記憶のいゝ人だと思つた。それで思ひ出したのだが、たしか、あの時、たい子さんは、茶色のマントを着てゐたやうである。何で、私達が銀座を歩いてゐたかは忘れたが、大根河岸の方へ出ていつたやうにおぼえてゐる。その日のことを、私は詩に書いてゐる。

一種のコオフンは私達には藥かもしれない。
二人は幼稚園の子供のやうに
足並そろへて街の片隅を歩いてゐた。
同じやうな運命を持つた女が
同じやうに瞳と瞳をみあはせて淋しく笑つたのです。
なにくそ！
笑へ　笑へ　笑へ
たつた二人の女が笑つたたつて
つれない世間に遠慮は無用だ
私達も街の人達に負けないで
國へのお歳暮をしませう。
鯛はいゝな

甘い匂ひが嬉しいのです
（中略）
二人はなぜか淋しく手を握りあつて歩いたのです
ガラスのやうに固い空氣なんて突き破つて行かう
二人ははやりのどん底の唄をうたひながら
氣ぜはしい街ではじけるやうに笑ひました。

芙美子の随筆は、このあと、放浪時代と放浪記デビュー当時を回想するが、ここでは省略する。それにしても、たい子が直前の随筆において、銀座を歩いた理由をはっきりと書いているにもかかわらず、芙美子は「何で、私達が銀座を歩いてゐたかは忘れた」などと、とぼけなければならないのか。

私は、この芙美子の随筆を一読したとき、芙美子がたい子に対し、「余計なことを言うな」と釘をさしたのだと感じ、次にたい子の随筆とあわせて読んだあと、「よく覚えていたね」という同時代を生きた者同士の共感なのだと感じるようになった。

そのキーワードが、たい子の言う「大正天皇の逝去」である。大正15年12月の新聞を見ると、天皇の病状と病気平癒を願う報道一色と言って過言ではない。天皇の病気平癒を祈願して、投身自殺した庶民もいたようだ。

その天皇崩御の当日朝、記者が市内を巡回したときの報道の一部を見る。原文にルビはないが、一部の文字にルビを補う。『東京日日新聞』（昭和元年12月26日付）から。

萬民の涙に明けた諒闇《りやうあん》第一日、喪装の帝都
黑、黑、腕に、街に　哀しみの帝都一巡記
全市喪装した、道ゆく人の腕に、胸に、十字路に立つ電車の旗ふりの腕に、交通巡査の腕に、電車も自動車も、軒頭の國旗もみんな黑、黑、黑、喪に服した帝都の街には哀愁深く立ちこめて慌ただしい暮だといふのに行き交ふ人の足どりのなんと重々しきことよ、十二月廿五日午前一時廿五分先帝崩御の報が傳はつて霜柱つめたき二重橋前にはほうづき提灯を手にした警官が闇に堵《かき》をつくつて物々しく、夜あけともなれば銀座通りの大商店が一斉に大戸をおろして「奉悼休業」或は「謹んで休業」と貼り出し深い沈默だ、廿五日朝帝都を一巡する。

同じ『東京日日新聞』の号外が二種ある。一つは「聖上崩御／元號は「光文」」（大正十五年十二月廿五日付）。もう一つは「元號は「昭和」」（昭和元年十二月廿五日付）とある。号外を見ると、大正に次ぐ元号には、「光文」のほか、「大治」「弘文」も候補に挙がっていたようだ。「諒闇《りやうあん》」とは、ほんらいは先帝に対して新天皇が服する喪を意味するが、国民もまたこれに準じ、いわゆる歌舞音曲を自粛し、カフェーなども営業を自粛した。報道によれば、国民の服喪期間は、同年12月31日までとされた。

この「諒闇《りやうあん》」前後を舞台に描かれたのが、第二部「酒屋の二階」である。『女人藝術』連載の第10回目、昭和4年8月号が初出。初出時には「一九二六」という年次はふされず、単行本収録時に年次がふされた。芙美子とたい子が、本郷の酒屋の二階に同居していた頃を描いている。たい子の最初の夫、山本虎三がたい子を訪ねて来るところから必要な部分を引用する。文中の「飯田」とは飯田徳太郎。たい子の二度目の夫である。

十二月×日
「飯田《いひだ》がね、鏝《こて》でなぐつたのよ……厭《いや》になつてしまふ……。」

飛びついて來て、まあ芙美子さんよく來たわ！　と云つてくれるのを樂しみにしてゐた私は、

（中略）來なければよかつたんぢやないかと思へた。

（中略）

二階《にかい》に上つて行くと、たい子さんはゐなくて、見知らない紺がすりの青年が、火のない火鉢に、しよんぼり手をかざしてゐた。

（中略）

「貴女は林さんでせう……。」

その青年はキラリと眼鏡を光らせて私を見た。

「僕《ぼく》、山本虎三《やまもととらざう》です。」

「あゝさうですか、たいさんに始終聞いてました。」

（中略）

もう二時過ぎである。青年はコトコト下駄を鳴らして歸つて行つた。たい子さんは、あの人との

子供の骨を轉々《てんてん》持つて歩いてゐたが、どうしたらう、四圍《あたり》には折れた鏝《こて》が散亂《さんらん》してゐる。

十二月×日
今日《けふ》から街《まち》は諒闇《りやうあん》である。

晝《ひる》からたい子さんと二人《ふたり》で、銀座《ぎんざ》の方へ行つてみる。

「私ね、原稿書いて、生活費位出來るから、うるさいあそこを引きはらつて、郊外に住みたいと思ふわ……。」

たいさんは、茶色のマントをふくらませて、電氣のスタンドをショーウインドに見ると、それを買ふのが唯一の理想《のぞみ》のやうに云つた。

歩ける丈《だ》け歩きませう。

銀座裏の奴壽司で腹が出來ると、黑白《こくびやく》の幕を張つた街竝《まちなみ》を足をそろへて二人《ふたり》は歩いた。

今日《けふ》は二人《ふたり》のおまつりだ。


山本虎三の名は、『女人藝術』では「山本虎造」、改造社初版ではたんに「山本」とされている。本名をフルネームで明かすことをためらったのであろう。なぜなら、山本は、関東大震災当時、要注意人として検束され、たい子と二人で東京を追放された。渡った満洲において、内乱予備罪という罪名で逮捕、不敬罪で起訴され、旅順監獄で二年の懲役に服し、帰国してきたばかり。山本が戦後に書いた自著によると、冤罪以外のなにものでもないが、「不敬罪」の前科者という烙印を消すことはできないからである。復元版においては本名の「山本虎三」とした。この「酒屋の二階」における主人公は芙美子ではなく、たい子である。

この描写のあと、先に引用した「鯛を買ふ―たいさんに贈る―」の詩が挿入され、詩のなかで「笑へ！　笑へ！　笑へ！／ガラスのやうに固い空氣なんて突き破つて行かう」と続く。

東京全市が喪に服した「諒闇」日を、「今日は二人のおまつりだ」と叫び、商店が一斉に「黒白の幕」を張り「謹んで休業」している銀座の街並を、「笑へ！　笑へ！　笑へ！／ガラスのやうに固い空氣なんて突き破つて行かう」と書けば、これは伏せ字はおろか、発禁処分に相当するし、場合によっては、刑法第74条不敬罪に問われても不思議ではない。その場合、放浪記と林芙美子の作家生命も絶たれ、文学史は変わっていたことになる。検閲係官の見落としであることは明らかである。

だが、検閲係官が、治安を脅かす表現や猥褻表現よりも、もっと注意しなければならない「不敬」表現を見落とすには、それなりの理由もある。「諒闇」を「おまつり」することは「不敬」そのものだが、改元すなわち新天皇の即位を祝って「おまつり」することは「不敬」ではない。「酒屋の二階」が『女人藝術』に発表されたのは昭和4年8月。即位大礼の翌年であり、祝賀ムードの余韻のなかで、検閲係官も錯覚したということは考えられる。作品に挿入された、平林たい子への献詩「鯛を買ふ―たいさんに贈る―」は、飯田徳太郎や山本虎三とはっきり別れ、小堀甚二《こぼりじんじ》と新生活を営もうとする、たい子の新たな門出を「めでたい」と祝す祝歌である。「改元」は、「諒闇」という服喪を、「即位」という祝祭に転化する。文中に挿入されたこの献詩は、検閲係官をして、「不敬作」と判断させることも可能だし、「即位」を祝う「祝歌」と読ませることも可能なのである。

しかしながら、検閲当局は、昭和14年版の再検閲に際し、次のような伏せ字を施すことになった。□□は活字が削り取られて紙面に空白が生じた部分。取り消し線は、活字スペースそのものが紙面から抹消された部分。その他、若干の改稿もある。当然に「一九二六」という年次もない。

十二月×日

「貴女は林さんでせう……」

その青年はキラリと眼鏡を光らせて私を見た。

「僕、××です。」

十二月×日

今日から街は□□である。晝からたい子さんと二人で、銀座の方へ行つてみた。

「私はね、原稿を書いて、生活費位出來るから、うるさいあそこを引きはらつて、郊外に住みたいと思つてゐるのよ……」

たいさんは、茶色のマントをふくらませて、電氣スタンドの美しいのをショーウインドに眺めながら、それを買ふのが唯一の理想のやうに云つた。

歩ける丈け歩きませう。銀座裏の奴壽司で腹が出來ると、□□の幕を張つた街並を足をそろへて二人は歩いてゐた。

~~今日は二人のおまつりだ。~~

（昭和14年版）

ここで、「不敬罪の前科者」たる山本の名は伏せ字され、「諒闇」と「黒白」というキーワードが削り取られただけでなく、「今日《けふ》は二人《ふたり》のおまつりだ」という感情の表出も抹消された。はっきりと、二人の感情までを「不敬」だと断定したのである。これらの伏せ字は、芙美子の自発的な改作ではありえない。

放浪記の謎の多くは、検閲当局との対抗関係を分析することで解くことができる。だが、この短編「酒屋の二階」は、「安寧秩序紊乱」表現や「風俗壊乱」表現とは異質な、刑法第74条との関係を読み解かなければならない、異色な問題作である。

私は、放浪記の各異本を比較校合する作業を通して、この短編の問題性に気づいたのだが、大きな疑問が残された。それは、検閲当局は、何時「不敬表現の見落とし」に気づいたのかということである。検閲係官は、一度検閲を通過させた作品につき、滅多なことでは見直しなどしない。そのような余裕もない。しかるに、放浪記のおびただしい改作は、昭和12年版からなされた。検閲当局が、理由もなく過去の作品の見直しなどしないという前提に立つならば、昭和8年の改造文庫本から昭和12年版までの間に、密告があったのかも知れない。そういう推理をしてはみたものの、密告が事実なら、逆に眞相は永久に闇のなかとなる。他に手がかりを求めなくては、問題は解決しない。

その手がかりは、検閲による伏せ字そのものにあった。検閲当局は初版当時、山本の前科に気づかなかったとしてもやむを得ない。山本は満洲で逮捕され、旅順監獄で服役していたし、まして放浪記単行本には、フルネームではなく、「山本」の苗字しか記されていないからだ。すると、検閲当局が問題にしたきっかけは、作品の「不敬表現」ではなく、不敬罪の前科を持った山本の実名に着目した可能性がある。そこで、山本の著作を調べてみたところ、ずばりその答えはあった。

飯田徳太郎著「男性放浪時代の平林たい子と林芙美子」（『婦人サロン』昭和5年2月）。
平林たい子著「向日葵—私のどん底半生記」（『婦人サロン』昭和6年12月、昭和7年3月）。
山本虎三著「別れた妻 平林たい子に與ふ」（『婦人世界』昭和8年1月）。

この3点は、「酒屋の二階」の主要な登場人物が、放浪記の外で、しかも放浪記の描写を意識しつつ、お互いの過去をけなしあった、みにくい公開の「夫婦喧嘩」である。放浪記の成功を見た『婦人サロン』編集部が、原稿料をえさに飯田に執筆をすすめたことは間違いない。たい子の応戦は、飯田の投稿から時間をおいているので、他所でも同様な争いはあったかも知れない。このようなみにくい争いに立ち入りたくはないのだが、必要なことは述べなければならない。

飯田の暴露も、たい子の言い訳も読むに堪えないが、この2点が山本の癇《かん》にさわり、余計なことまで語らせてしまった。それが自らの前科を公言してしまったことである。すなわち、内乱予備罪という罪名で逮捕され、不敬罪で二年間の懲役に服したという事実である。山本には冤罪という確信があるから雑誌で公言したのだが、検閲当局は、その罪名を伏せ字した。伏せ字されてはいても、前後の文脈と山本の戦後の著作から、その伏せ字が「内乱予備罪」と「不敬罪」であることは疑いない。したがって、検閲当局は、放浪記に登場する山本の前科を、このとき、はっきりと知ったのである。

もちろん、その後、検閲当局が著者芙美子と改造社に対し、どのような対応をしたのかは分からない。分かっていることは、その後の改版ごとに、原作とは大きく異なる改作・改稿がなされ、本節で見たような、新たな伏せ字が施されていったという事実である。そこには、「酒屋の二階」の問題性とは別の、「安寧秩序紊乱」表現と「風俗壊乱」表現の問題もある。日中戦争の進行という時局の影響もある。「酒屋の二階」だけが、放浪記改作過程のすべての謎を解く鍵ではない。

しかしながら、不敬罪の前科者の名前を抹消するだけでなく、他のキーワードも抹消したという事実は、検閲当局が、自らの見落としという失態を認めざるを得なかったということをも示す。すでに数十万部のベストセラーとなった作品を、いまさら発禁処分にふすわけにはゆかないし、不敬罪に問うには、芙美子と改造社を裁判所の被告人席に立たさねばならない。そうなると、自らの失態もおおやけになり、一検閲係官の責任問題ではすまない。責任は内務省警保局長や、場合によっては内務大臣にまで及ぶ。水面下で改作を強制するという選択肢しか残されていないのである。

先に、「酒屋の二階」の主人公は、芙美子ではなく、たい子だと述べた。「酒屋の二階」の描写にあるとおり、たい子は山本との間になした子どもを、満洲の施療病院で出産するも、乳児脚気のため、わずか数週間で亡くした。このとき、山本は不敬罪で入獄しており、たい子と我が子を救うことはできなかった。わずかに、我が子の名を「アケボノ」と命名することだけが、山本にできることであった。諒闇という服喪を「今日は二人のおまつりだ」と叫んだのは、たい子であっただろうし、その「二人」とは、「芙美子とたい子」ではなく、「たい子とアケボノ」であったと、私は思う。たい子とは不幸な別れをした山本ではあったが、山本の自著によると、たい子の通夜に駆けつけ、かけた言葉は「しばらくだった。やっと楽になれたね。やすらかに眠り給え」であった。

芙美子とたい子の最後の語らいが、『文學界』の誌上であったことは、まことに作家らしい生き様だと思うし、芙美子が「何で、私達が銀座を歩いてゐたかは忘れた」と、とぼけた理由も分かる。このとき、二人の語らいは、二人だけが共感できる言葉で充分なのであり、読者に共感を求める必要はなかったのである。

【放浪記校訂覚え帖】　山本の名は、戦後の改造社昭和21年版と新潮文庫昭和22年版において復元されたが、なぜか新潮社昭和24年版（『林芙美子文庫・放浪記Ⅰ』）で再び伏せ字された。しかも山本の名が登場する11ヶ所のうち、7ヶ所を伏せ字し、残る4ヶ所は復元するという不可解な改版がなされた。中央公論社版（昭和25年）も山本の名の伏せ字を踏襲し、新潮社全集（昭和26年）も伏せ字を踏襲している。その結果、新潮社版を複写した、文泉堂版全集（昭和52年）もまた、山本の名の伏せ字を踏襲せざるを得なかった。復元版において、たんに「山本」と表記するのではなく、フルネームの「山本虎三」と表記・復元したゆえんである。

第13節　淺草ホーリネス教会

放浪記の芙美子は、淺草が好きである。気取りのない芙美子に淺草はよく似合う。『女人藝術』連載の第3回目「一人旅」で、早くも淺草を唄っている。

淺草はいゝ。
淺草はいつ來てもよいところだ……。
淺草は酒を呑むによいところ。
淺草は酒にさめてもよいところだ。

現実の芙美子も淺草を愛していたし、石川啄木が愛した淺草を追体験していたのかも知れない。放浪記にとって、淺草はなくてはならない舞台装置に見える。だが、『女人藝術』連載計20回のうち、

昭和14年12月撮影

芙美子が浅草を唄ったのは、この「一人旅」だけで、残る19回の連載に浅草は登場しない。わずかに、連載第9回と第10回に浅草の文字はあるが、それはカフェーの女給仲間「時ちゃん」と浅草の関わりを述べただけで、芙美子の浅草を唄ってはいない。

では、なぜ放浪記と浅草が分かちがたく印象づけられているのかというと、戦後作の第三部において、浅草が頻繁に登場するからである。第三部連載第1回「肺が歌ふ」をはじめとして、未完の第四部「新伊勢物語」に至るまで、戦後作の短編の半分で浅草が唄われている。2編に1編は浅草が登場するのだから、読者に印象づけられるのは当然である。しかし、『女人藝術』連載には一度しか登場しないという、このアンバランスはどこに理由があるのだろうか。

その理由を考えるにも、関東大震災が鍵になる。放浪記第一部・第二部だけでなく、浅草が頻繁に登場する戦後作の第三部においても、いわゆる十二階と呼ばれ、震災で倒壊した浅草凌雲閣は登場しない。ということは、芙美子は凌雲閣のある浅草風景は見たことがないのかも知れない。芙美子が上京したのは、震災の前年だから、震災に遭遇するまでの一年数ヶ月の間、浅草に足を運んでいたのなら、凌雲閣を登場させないわけがない。第6節で述べたとおり、震災当時、現実の芙美子がどこに住んでいたのかは分からないが、震災後は自身と両親の身を守ることで、手一杯である。川端康成が『浅草紅團』で描いた震災前後の浅草を、芙美子は現実に目の当たりにすることはなかっただろうと思う。それゆえ、戦後作においても震災前の浅草凌雲閣は登場せず、震災直後の混沌とした浅草も、放浪記には登場しないのである。

もちろん、現実の芙美子が、震災前の浅草にまったく足を運ぶことはなかったと断定するものではない。あくまで、放浪記という作品における浅草をどう見るかということである。

さて、前頁に掲載したスナップ写真が、本節の主題である。「浅草聖教會」とある。門の脇に掲げられた看板は、「世界宣教禱告團《とうこくだん》」と読める。このスナップ写真を掲載した雑誌は、紫式部研究会が発行した『むらさき』（昭和15年2月）。本書第4節に掲載した、駒形どぜう屋前のスナップ写真も、同じ『むらさき』に掲載されたものである。芙美子は『むらさき』編集部の求めに応じ、「私の東京地図」と題する紀行文を執筆するため、本郷・上野・浅草界隈を歩いたのである。実際に取材で歩いたのは昭和14年12月。紀行文はグラビアページのため、写真も含め単色ではあるが、色刷りである。

この「浅草聖教會」が、第三部において「浅草ホーリネス教會」という名で二度も登場する。ホーリネスとは、昭和8年に分裂して聖教会を名乗ったプロテスタントの一教派である。ゆえに、昭和14年当時は「浅草聖教會」を名乗っていたが、放浪記の時代設定である大正末期にはホーリネスを名乗っていた。芙美子は、同教会の歴史を知った上で、正確に使い分けたのだろうか。そして、この教会は、芙美子が「私の東京地図」の取材で訪問した直後、空前の大宗教弾圧を受けるのである。「私の東京地図」と第三部の描写を続けて見ておきたい。芙美子にとっての浅草像の一端が分かる。上野の櫛屋《くしや》十三屋も芙美子好みの屋号。「九《く》＋四《し》＝十三」のシャレ。

浅草に水族館があり、水族館の二階に、ムーランルウジュと云ふレヴィユの小舎のあつた時代に、淺草は文士の人達のモンマルトルのやうなものであつた。川端康成氏もよくこゝへ來られたものだつたし、この小舍のレヴィユの踊子達も、いまは方々に立派に巣立つてゐる。エノケンを始めて觀たのもこの小舍であつた。（中略）

君はいま駒形あたりほとゝぎすと云つたこの街に、珍らしいことには、淺草聖教會と云ふ建物が眼にとまつた。青いペンキ塗りの扉に、青い色硝子の窓のある教會をそつとのぞいてみると、大きな束髪に結つたエプロン姿の女の人が、椅子に腰をかけて足ぶみしながら編物をしてゐた。左側の耳門《くぐり》のところには、世界宣教禱告團と云ふいかめしい看板がさがつてゐる。この教會に幾人位の信徒があるのだらうか。桃割にでも結つた娘さんがお祈りでもしてゐたらどんなだらうと思つた。女給や踊子のやうな人達も來るかも知れない。私はこの小さいつゝましい教會をみてほゝえましい氣持ちであつた。

時計をみるともう三時近かくだつたので、私達は駒形のどぜうやで御飯をたべる事にした。このどぜうやはとても古い家で、昔から駒形のどぜうやと云つて有名な家である。私は娘のころからこの家を知つてゐて、母なんかとも時々食べに行つた。上野黑門町の麥とろとか、駒形のどぜうや、上野のポンチと云ふカツレツ屋だの、そのほかにも、福神漬けの酒悦だとか、十三屋と云ふ櫛屋だの、揚出、こんな古い有名な家が何時の間にか皆に忘れられがちな、いまの時代を、私は何も彼もがめまぐるしくなつたものと思はずにはいられないのだ。

「私の東京地図」昭和15年2月

小さな教会で、女給や踊り子が祈りを捧げる場面を想像する芙美子の眼差しは実に優しく、あたたかい。「ホーリネス教會」の名は、第三部「冬の朝顔」と「土中の硝子」に登場する。芙美子が浅草駒形橋近くの牛屋「ちもと」に職を求めに行く場面、及び、その後、野村吉哉との生活に見切りをつけ、カフェーの女給で暮らそうとする場面。本書第3節のつづき。「あゝ、あすこはやつぱり素通りで」と、気のないそぶりで気を引こうとするかのようだ。

十二月×日

駒形のどぜう屋の近く、ホーリネス教會の隣りの隣り、ちもとと云ふ店。まづ家《いへ》の前を二三度行つたり來たりして様子をうかゞつてみる。昨夜《ゆふべ》の鹽《しほ》の山が崩れてみぢん。

「冬の朝顔」

三月×日

うららかな好晴《かうせい》なり。ヨシツネさんを想ひ出して、公休日《かうきう》を幸ひ、ひとりで浅草へ行つてみる。なつかしいこまん堂。一錢じようきに乗つてみたくなる。石油色の隅田川、……河向うの大きい煙突からもくもくと煙が立つてゐる。駒形橋のそばのホーリネス教會、あゝ、あすこはやつぱり素通りで、ヨシツネさんには逢ふ氣もなく、どぜう屋にはいつて、眞黒い下足の木札を握る。

「土中の硝子」

第三部「冬の朝顔」と「土中の硝子」が、雑誌『日本小説』に発表されたのは、それぞれ昭和23年

1月と同年5月。先の浅草紀行「私の東京地図」（昭和15年2月）を見ると、芙美子が「浅草聖教會」の存在に気づいたのは、この時が初めてであったように思う。大正期の青春放浪時代からその存在を知っていたとして、わざわざ『むらさき』において、初めて知ったようなそぶりをしなければならない理由はないからだ。すなわち、芙美子が初めてこの「浅草聖教会」の存在を知ったのは昭和14年であったが、大正期には「ホーリネス教會」と呼ばれていた史実を確かめたうえで、第三部を執筆したと考えざるを得ないのである。現在のホーリネス教団に照会したところ、浅草駒形橋近くの教会は、並木町と呼ばれていた、明治38年創立当時から、同所に居をおいていたことが分かった。現在も並木通りの名が残る、雷門前の通りである。なるほど、この位置なら、浅草寺の雷門と駒形どぜう屋との中間地点にあたる。「私の東京地図」の描写は正確である。もちろん、現在、この建物はない。

では、なぜ芙美子が第三部において、気のないそぶりをしながら気を引くように、二度もホーリネスに触れたのだろうか。先に、空前の宗教弾圧と述べた、その弾圧事件につき紹介しなければならない。以下は、『ホーリネス・バンドの軌跡』（新教出版社）から。


昭和15年4月、宗教団体法施行により、日本基督教団編成。

昭和16年5月、改正治安維持法施行により、宗教結社の弾圧が容易になる。

昭和17年1月16日、函館教会の小山宗祐《こやまそうすけ》牧師補が、函館憲兵隊に拘引され不敬罪で起訴された。非公開裁判で有罪判決が言い渡された直後の3月26日、函館拘置所で不審死。

昭和17年6月26日、全国の聖教会が一斉に家宅捜索を受け、134人の牧師が逮捕され、うち75人が起訴された。以後の裁判で有罪が言い渡された牧師のうち7人が、服役中及び保釈中に獄死又は準獄死した。小山宗祐《こやまそうすけ》牧師補を含め、8人の牧師が獄死するという日本近代史上、空前の宗教弾圧となった。

昭和20年10月7日、進駐軍による報道解禁。ここでホーリネス弾圧の存在が明るみになる。

進駐軍による報道解禁により、三木清《みききよし》の獄死、ホーリネス弾圧事件、横浜事件が順次報道された。進駐軍にとっても、アメリカのプロテスタント教派に源を持つ教会牧師が8人も獄死していたという事実は衝撃であった。アメリカ本土でも報道され、在米宣教師達による追悼メッセージが直ちに遺族に届けられた。

ホーリネス弾圧は昭和17年6月の第一次弾圧につづき、第二次弾圧もあり、加えて日本国内だけでなく、朝鮮、台湾、満洲、中国本土の教会と牧師も一斉に捜索検挙された。この宗教弾圧事件には、獄死者の人数の多さもさることながら、治安維持法の法改正による弾圧、国内治安機構（内務省警保局、司法省刑事局、文部省宗教局）総動員による弾圧、在外治安機構（朝鮮総督府、台湾総督府、関東庁、在外領事館警察）総動員による弾圧という特徴がある。日本近代史上空前の宗教弾圧事件と称するのは誇張ではない。また、最初の犠牲者が憲兵隊の手で検挙されたことも、関東大震災当時の甘粕事件を想起させるものがある。先に「不審死」としたのは、当局が「自死」と発表しただけで、遺体をひきとった関係者に、「自死」と信ずる者は一人としていないからである。

芙美子も、この報道解禁以降に、弾圧事件を知ったのだが、そこで、自身が昭和14年の師走に訪問した「淺草聖教會」が、そのホーリネスであったことも知る。芙美子なら、知り合いの新聞記者に照会して詳細を知ることができる。ホーリネスの教会史も同時に知ったであろう。そして、その獄死した牧師8人のなかに、浅草教会出身の小出朋治《こいでともはる》牧師もいた。小出牧師は弾圧当時、大阪に赴任しており、大阪堺刑務所で服役。獄死したのは昭和20年9月10日であった。

この事件は、徳川時代のキリシタン弾圧を想起させるものがある。まるで時代が300年間も逆転したかのようだ。治安維持法制史における重大事件なのに、法制史研究者もほとんど言及しない。その原因は、横浜事件のように、再審請求を通じ、社会に弾圧史の存在をアピールしていないからだが、遺族や関係者が再審請求をしないからといって、日本近代史から忘れ去られてよい事件ではない。その宗教弾圧につき、芙美子が声高ではなく、静かにではあっても、放浪記において、浅草を舞台に、ホーリネスの名を二度も掲げたことに、胸をうたれる。これが、憲法施行と同時に連載が開始された放浪記第三部の歴史的価値ではなかろうか。

【放浪記校訂覚え帖】「ホーリネス」の表記につき、初出の『日本小説』では「ホウリネス」、留女書店版では「フオリネス」、新潮社版では「ホリネス」などと安定していない。芙美子が戦後にはじめて見たと思われる『毎日新聞』（昭和20年10月7日付）を見ると、正しく「ホーリネス」とされていた。ここは、教団の表記に従った。

第14節　文学は波濤を越えて

カナダの西海岸バンクーバーで刊行された日本語新聞『大陸日報』に、芙美子の日本未発表の短編小説がある。題して「外交官と女」。掲載されたのは一九三一年八月十二日。芙美子が巴里に渡航する直前のことであった。

同紙の創刊は一九〇七年。翌年から山崎寧《やまざきやすし》が社主につき、対米戦争開始で発行停止処分を受けるまで、約35年間、一万号を超えて刊行された。幸いに福岡県出身の梅月高市《うめづきたかいち》ら移民一世が、東海岸への強制移住のもとでも原紙を守り抜いたため、日本でもマイクロフィルムでほぼ全号を閲覧することができる。移民史研究における重要資料にとどまらず、刊行史を見ると、同紙には、日本から招かれた鈴木悦《すずきえつ》と田村俊子《たむらとしこ》が編集にあたった一九一八年以降、文芸欄が設けられた。日本でも萬朝報の花形記者であった鈴木悦の経験と人脈が生かされ、日本の文人による小説、詩、随筆などが毎日のように掲載されたのである。

もちろん、同紙の文芸欄に掲載された各種の作品のすべてが書き下ろしというわけではなく、日本

魯迅校録『唐宋傳奇集』

で一度発表された作品の転載も多いのだが、本節で紹介する芙美子の作品のように、『大陸日報』で初めて発表された作品が少なからずある。早い時期のものでは、鈴木悦と田村俊子共通の恩師でもある島村抱月《しまむらほうげつ》の遺稿がある。抱月がスペイン風邪で急死（一九一八年十一月五日）する直前に、翌年の『大陸日報』新年号向けに書いたものである。他に、平塚雷鳥《ひらつからいちょう》による伊藤野枝《いとうのえ》追悼文も、同紙に初めて掲載された。まさしく鈴木悦と田村俊子の人脈が、この新聞の文芸欄を充実させたのである。

その中に芙美子の作品がある。この作品の設定は、芙美子晩年の代表作「浮雲」の設定と共通するものがあり、作品に挿入された漢詩が、作品全体のモチーフとなっている。そしてその漢詩は、白楽天《はくらくてん》と並び称される唐代の詩人元稹《げんしん》作「鶯鶯傳《おうおうでん》」から採られている。作中の漢詩の解題には、白仁成昭《しらにしげあき》氏のご教示をいただき、漢詩のルールに従い、誤記または誤植と考えられる部分は補正した。

外交官と女　　　**林芙美子**

日本へ歸《かへ》つて一ヶ月になりますが、やつぱりいゝですなァ、えゝ？　お芽出度《めでた》うございますつて……いやァ、ちつともお芽出度《めでた》かないんで、今度の任地はまるで隱居《いんきょ》仕事ですよ、あんなのは……大の男があなた、山の中へはいるんですからね。たゞ、月の半分は内地へ歸れるのが、一寸いゝくらゐのもので、なァに、僕なんか霞ヶ關の連中にはあつても無くてもいゝ人間ですからね。猿と一緒にさしとけつてんで、あんなところへ赴任さしたんですよ。

えゝ？　澤山一黨《たくさんいったう》を連れて行くかつてゞすか、馬鹿らしい……僕ァ一生材木屋になろうとは思つちやゐませんよ。二三年で止《や》めるつもりでゐるのに、若い人達を澤山連れて行つて御覧なさい、僕がやめる時は、やつぱり僕と進退をともにしなきやならない。だから、いつそ一人も連れてかない方が双方にいゝと思つて、この間《あひだ》山へ歸る使《つかひ》の者に『俺が行くからつて、今までの働いてる人間誰一人として馘《くび》らないから安心してボチボチ働いてゐてくれつてね』こんな傳言《でんごん》を頼んでやりましたが、それでいゝんですよ。

えゝ？　なぜロシアの方へ行かなかつたかつて、いやァ僕が酒呑みだものだから、あんなのいらねえぐらゐでせうよハッハッハ……全く、少し今までの借財を、ルーブルでもつて財政整理をやらうと思つてたんですが、いやどうも。

◇

ところでこんなケチな話は止めて、女の話でもしませう。いやァ女の話つていへば、昔僕がアモイへゐたころ、世話になつてゐる家の女中に惚《ほれ》ましてね、てうど僕が二十代の時だつたでせうか、日本女と來たら誰でも美人に見えて、いまから考へると、天草生れの飛んでもない代物なんですがね。それがとても良くつてね。何とかしてものにしたいものと思つてゐると、その女に、もうひとりそこのボーイが惚《ほれ》てゐましてね、えゝよくその男とかちあひやつたものですよ、だけどとうとう二人の男とも彼女にヒヂテツを食ひましたね。その後その女は何でも天草へ歸つて小學教員のかみさんになつてゐるつて聞きましたが、二三年前、東京でアモイ時代の關《せき》さんに會つたところ、冷やかされるのなんのつて、家内なぞは、そのころの寫眞を見せられて、クスクス笑ひ出すやら、いま思ひ出すと、まるでクマソみたいな女なんですからね。

あの時ヒヂテツをもらつたが、實際ありがたいヒヂテツだと思つて感謝狀でも送らうかと笑ひましたがね。天草女ときたら強氣で、それァ氣性が立派なもんだ、僕ァしよつちゆう、天草女にいぢめられてゐたんで、身にこたへたんでせうが、一度こんな事もあつたなァ……歐洲であるとこの書記生をやつてゐた時、もう日本へ引揚げるてんで、大使は毛唐の細君を連れて、毎日みやげ物を買ひに行くんですが、そのワイフと來たらガッチリして、、僕にいつもボロボロの、まるで泥の中へ三週間もつけといたやうなのを持たせるんですからね。『これは大切なものばかりはいつてゐるんですから、一時も手ばなさないやうにしてくれ』つてんで、そのボロボロ鞄《かばん》を二六時中さげて、しかも前からゐる天草生れの女中を僕が連れることになつて、いやァ實際あの時は恨みコツズイに徹したなァ、友人が冷《ひや》かしていつ結婚したいつていふし、せめて、僕が一人者だつて知つてる日本飯屋でゞもうさを晴らさうとすると、こいつがまたすばらしくガッチリして、『いゝえ私は西洋料理の方が大好物なんです』と來るもんだから、そのころ流行した長いスカートの裾をちよいちよい持たせられて、イヤハヤあんな侘《わび》しかつた事はありませんでしたね。外交官なんて派手で面白さうに見えますが、うちの娘なんか、外交官の裏を知つてるんで、外交官へお嫁入りはまつぴらだつていつてますよ。

◇

ところで、この間僕の友人連中が、女の寫眞《しやしん》の授與《じゆよ》式をやつたんですがね。そのゥ……寫眞をもらふ男つていふのが、日清戰爭のころ、かなり危險なところまで、その女を連れて行つて、膸分皆をうらやましがらせたものですが、間もなく二人とも別れて、女は男から離れると轉々滿洲中を歩いて、今ぢやァ小料理屋のおかみになつて、滿洲の邊土にゐるんですが、それをあなた、物好きな友人が、その皺《しわ》だらけの女の寫眞を送つてよこして、是非盛大な授與式をやつてくれつて、裏にい、漢詩を書いて來ましたが、一寸涙つぽくなるい、詩でした。よく覺《おぼ》へてゐないが、こんな風なことだつたかな。

龍沙邊塞望悠悠、孤枕入秋空斷腸。
恰好紅燈傾酒盞、何堪翠帳擁哀香。
鴛鴦老去隔風霰、烏鵲時來雲路長。
小肖寄君無限恨、爲郎憔悴却羞郎。

山の中ですが、いつでもいらつしやい。此《こ》ほろ苦《に》味《が》い詩の味、わかりますかね。ところで、此《この》ごろ日本の女も美しくなりましたね、日本のケイザイ狀態もかういふ風にゆくとい、んですが……。(了)

『大陸日報』紙面では「爲郎憔衰爲却恥」だが、韻を整えるため補正した。読み下しは以下の通り。
龍沙《りゆうさ》の邊塞《へんさい》望《なが》め悠悠《ゆうゆう》たり、孤枕《こちん》秋《あき》に入《い》り空《むな》しく斷腸《だんちよう》す。恰《あたか》も好《よ》し紅燈《こうとう》のとき酒盞《しゆさん》を傾《かたむ》けんに、何《なん》ぞ堪《た》えん翠帳《すいちよう》の哀香《あいこう》を擁《よう》するを。鴛鴦《えんおう》老《お》い去《さ》りて風霰《ふうさん》に隔《へだ》てられ、烏鵲《うじやく》時《とき》に來《きた》るも雲路《うんろ》長《はる》かなり。小肖君《しようしようきみ》に寄《よ》す無限《むげん》の恨《うら》み、郎《ろう》の爲《た》めに憔悴《しようすい》し却《かさ》ねて郎《ろう》に羞《は》づ。

この詩の前半は、邊塞詩《へんさいし》と呼ばれるジャンルの、左遷された男の官吏が辺境の地で詠む歌に見えるのだが、後半は、芙美子の作為か、「あなたの爲に老いて憔悴したにもかかわらず、その姿をあなたに見せるのが羞ずかしい。替わりに私の肖像(小肖)を恨めしいあなたに贈る」という女の歌に転じている。そして、末尾の結句「爲郎憔悴却羞郎」は、以下のとおり、元稹《げんしん》作「鶯鶯傳《おうおうでん》」の結びに挿入された手紙から採られているのである。

　自従消瘦減容光、萬轉千迴懶下牀。

　不爲旁人羞不起、爲郎憔悴却羞郎。

読み下しは以下の通り。

　消瘦《しょうそう》して容光《ようこう》を減《げん》じてより、萬轉千迴《ばんてんせんかい》、牀《しょう》を下《はな》るに懶《ものう》し。旁人《ぼうじん》の爲《た》めに羞《は》ぢて起《た》たざるにはあらず、郎《ろう》の爲《た》めに憔悴《しょうすい》し却《かさ》ねて郎《ろう》に羞《は》づ。

　この手紙は、作中の前途洋々たる青年「張生」が、才色兼備の娘「鶯鶯」と一度は結ばれるが、出世を求めて都《みやこ》に上り、ために二人は疎遠となり、ともに異なる相手と結婚したものの、のちに「張生」が「鶯鶯」に申しこんだ再会の申出を拒む言葉である。「あなたとの恋に破れて憔悴し、痩せ衰えて見る影もないこの姿をあなたに見せたくはない。何度立とうとしても床を離れることができない。今の夫に羞じているのではない。あなただからこそ、今の姿を見せるのが羞ずかしいのです」。元稹《げんしん》の「鶯鶯傳」においても、芙美子の「外交官と女」においても、末尾の結句が持つ意味は、身勝手な男を「恨み」ながらも、容色の衰えた我が身を「羞じる」女心を表している。

「鶯鶯傳」は、古くから中国文学と日本文学の双方に大きな影響を与えたとされる。芙美子がこの作品を書いた同時期には、魯迅《ろじん》編集による校訂版『唐宋傳奇集』（一九二七年）に収録され刊行された。

　芙美子が上海で魯迅に会い、直筆の色紙まで貰ったのは一九三〇年九月のこと。魯迅編集の中国古典の悲恋物語に着想し、この作品を書いた可能性もあろう。「此ほろ苦味い詩の味、わかりますかね」という謎かけは、作品の由来を解題してみろという芙美子の遊び心を感じさせるものがある。

そしてもう一つ、魯迅とは別に、この作品が生まれた背景を想起させるものに、芙美子と芹沢《せりざわ》光治良《こうじろう》との交友関係がある。芹沢は、自伝的長編『人間の運命』において、芙美子との出会いが芹沢の友人である外交官を介した会食であったと描いている。同書「嵐の前」の巻から抜き書きする。作中の人物名、「次郎」は光治良、「石田」は外務省文化事業部の市河彦太郎《いちかわひこたろう》、「平森たき子」は平林たい子、「林扶喜子」は林芙美子、「城冬子」は城夏子《じょうなつこ》と言うように分かり易く、実体験に近い。

その時、石田がはいって来て、二、三分遅参したことを詫びたあとで、平森たき子、林扶喜子、城冬子さんと、親しそうに一人一人呼びかけ、(中略)こちらは旧友の森次郎君ですと、紹介した。次郎はこれが有名なプロレタリアの女流作家の平森さんか、これがダダイズムの散文詩らしい自伝で一躍有名になってから、みごとな叙情的作品を旺んに書く林さんか、これが婦人公論にやさしい随想を書く城女史かと、初めて会う作家に好奇心をもった(後略)

作中では、外交官の「石田」に対して、「扶喜子」が旅券の取得について相談を寄せる場面もある。芹沢は、この出会いを、一九三一年五月の事として描いている。「外交官と女」が『大陸日報』に掲載されたのは同年八月十二日だから、この出会いの後に執筆されたと見て無理はない。芙美子の作中における外交官の人物像は架空の設定であろうが、農林省の役人であった芹沢と、現職の外交官市河の経歴にヒントを得た可能性はある。日本で発表しなかった理由もそこにあろう。作中に挿入された漢詩は「鶯鶯傳」に由来するが、芙美子と芹沢の交友関係もまた、この作品の背後に見えてくる。

さて、この小説以外にも、『大陸日報』には芙美子の随筆がある。表題は「平凡な女が好き／女性美を何に求める」。一九三六年一月三十一日と二月一日の両日に分載された。この随筆は、日本では、随筆集『文学的断章』（一九三六年四月、河出書房）に「平凡な女」と改題されて収録されている。そのため日本未発表作品というわけではないが、発表順を見ると、初出掲載紙は『大陸日報』である。

この他、まず日本で発表され、のちに『大陸日報』に転載された芙美子の小説に「山裾」がある。初出掲載紙は『東京朝日』（一九二八年十二月二十七日）。『大陸日報』には、翌年の二月二日に転載されている。これら日本で文芸作品を蒐集し、横浜からカナダに船便で送る作業をしたのは、鳥取出身の同紙文芸担当記者楠本寛《くすもとひろし》である。楠本は、大杉榮《おおすぎさかえ》、伊藤野枝《いとうのえ》と共に虐殺された橘宗一《たちばなむねかず》の母、橘《たちばな》あやめへの取材記事も書いている。芙美子の第一詩集『蒼馬を見たり』を発行した南宋書院の涌島義博《わくしまよしひろ》も鳥取出身で、尾崎翠《おさきみどり》、涌島、楠本は、文芸誌『水脈』の同人でもあった。芙美子と『大陸日報』との関係には、田村俊子、長谷川時雨《はせがわしぐれ》ら『青鞜』につながる人脈だけでなく、鳥取出身者との人脈も感じさせる。『大陸日報』を介して、五百人を超える作家の作品が、海を越えたのであった。

【放浪記校訂覚え帖】　第二部「赤い放浪記」に、芙美子が直江津の「継続《けいぞく》だんご」につき、「何て厭な名前」と嘆息する場面がある。これは芙美子がだんごの名前から「軽俗《けいぞく》」という言葉を連想したためだが、その語源もまた元稹と白楽天にある。「元軽白俗」。すなわち「元稹は軽薄で白楽天は低俗」だという悪口が転じて「軽俗」という言葉が生まれたのであり、芙美子はこの古事を知っていたからこそ、「厭な名前」と嘆息したのである。

第15節　少女の友・新女苑と内山基

芙美子とゆかりの深い雑誌の一つに、『少女の友』と『新女苑』がある。ともに実業之日本社が刊行した雑誌で、内山基《うちやまもとい》という名編集者の手により、文化史に残る姉妹雑誌となった。『少女の友』の創刊は明治41年だから、日露戦争直後にまで遡る。芙美子は少女時代に愛読したと語っており、のちにその執筆陣に加わることを想像していたのだろうか。幼い芙美子の投稿詩などはまだ見つからないが、放浪記を『女人藝術』に連載するかたわら、短編少女小説を同誌に載せている。題名は「南の國の渡り鳥」（『少女の友』昭和5年2月号）。作中の詩が題名になっている。

南《みなみ》の國《くに》の渡《わた》り鳥《どり》
今日《けふ》も岬《みさき》に日《ひ》がくれる
ひとり身《み》ぞらの淋《さび》しさを
入日《いりび》はいつも赤々《あかあか》と。

『新女苑』昭和15年4月号

この短編は、東京の少女歌劇に憧れる小学生「町子」と、都会に憧れる「町子」の将来を案じる同級生「奈美子」の幼い友情物語で、放浪記とはまったく異質な少女小説である。昭和5年1月、芙美子は北村兼子《きたむらかねこ》、望月百合子《もちづきゆりこ》らとともに、台湾の講演旅行に出かけた。この短編は台湾を舞台にしたものではないが、作中の詩は、台湾旅行との関係があるのだろうか。

この作品以降、芙美子は、詩や随筆を同誌に継続的に掲載し、戦後、同誌が再刊されてからも、多忙な執筆活動の合間に、自らの詩を発表しただけでなく、少女達の投稿詩の選評を二年間も続けた。昭和21年10月号から23年8月号まで。少女の投稿詩の選評といえども、手抜きすることなく、大人の作品を評するのと同じ態度で臨んでいるところが、芙美子らしい。また、この詩の選者をつとめた期間は、放浪記第三部の執筆時期とも重なっている。

姉妹雑誌の『新女苑』創刊は、昭和12年1月。内山が創刊号から編集にあたった。芙美子の作品は、早くも創刊第2号に短編小説「女の學校」が掲載された。挿絵は、かの中原淳一《なかはらじゅんいち》。2月号につづき、「晩春」（同年4月号）、「月寒《つきさっぷ》」（同年8月号）、「紅襟の燕」（同年12月号）と、創刊初年に4編もの小説を発表したほか、随筆「花の挿話」（同年9月号）、丹羽文雄《にわふみお》との対談「私を語る」（同年10月号）なども掲載されている。編集長内山の熱意や企画力に、芙美子も応えたということである。『少女の友』と同様に、戦後再刊された時にも、短編「ボナアルの黄昏」（昭和22年4月）を発表した他、吉屋《よしや》信子《のぶこ》との対談「私の投書家時代」（昭和23年12月号）も掲載されている。

この『新女苑』を舞台として、ある事件が起きた。事件と言うのは、芙美子の作品が検閲当局により、一度は掲載禁止処分を受け、大幅な削除と改稿のすえ、ようやく発表できたといういきさつがあったからである。問題の作品は「凍れる大地」という満洲開拓村のルポルタージュ。削除と改稿をへて掲載されたのは、昭和15年4月号の『新女苑』。

検閲制度は、日中戦争の進行、及び第二次世界大戦の勃発とともに強化されてゆく。昭和11年、内閣に情報委員会が設置され、昭和12年9月には内閣情報部と改組。検閲による出版・報道の監視・統制に加え、国策宣伝の領域に拡充された。従来の内務省警察検閲だけでなく、陸海軍報道部や外務省情報部も、本格的に検閲制度の一翼に加わったわけである。昭和14年9月1日、ドイツ軍がポーランドに侵攻して世界大戦が始まる。翌昭和15年12月には、さらに内閣情報局と改組され、翌昭和16年12月8日、対米戦争に突入した。内閣情報委員会の設置以前においても、戦地での従軍記事には軍報道部が検閲してきたが、内閣情報部の設置によって検閲機能が一元化したわけではなく、従来の内務省警察検閲とあわせ、陸軍をはじめ、各政府機関が参入し、検閲機能は、いわば多元化・重層化していったのである。

芙美子が『新女苑』編集長内山基から依頼された、満洲開拓村のルポルタージュは、戦争の進行と新たな検閲体制のもとで、あやうく葬られるところだったのである。

放浪記が戦争と検閲によって歪められてきた過程につき、芙美子本人はもとより、改造社と新潮社の関係者が直接言及したものは見つかっていない。それゆえ、その改竄過程を明らかにするためには、芙美子生前の、15種の版本すべてを比較校合し、検閲の傷跡から検閲当局の意図を暴くという方法を採らざるを得なかった。しかし、このルポルタージュの検閲に関しては、幸い、編集者内山基が、当事者として証言を残してくれた。

その証言は、「編集者の想い出」と題して、内山が創刊したファッション誌『MODE et MODE』の172号（一九七六年十二月）から186号（一九七八年十二月）まで11回にわたって連載された。内山が亡くなったのは、一九八二年十月だから、出版人として後世に残すべき遺言のようでもある。内山自らが関わった雑誌編集の思い出を綴り、『新女苑』に触れた副題「新女苑挽歌」176号と178号）で、芙美子の「凍れる大地」について述べている。内山は芙美子の作品の「掲載不許可」を取り消させるべく検閲当局と折衝・奔走し、ために検閲当局に睨まれ、結果的に『新女苑』を守ることと引き替えに、編集長を辞すことになった。この証言は、直接に放浪記と関わるものではないが、芙美子の作品と検閲について語られた唯一の証言として、耳を傾けたい。文中の陸軍省報道部の鈴木少佐とは、検閲将校として知られた鈴木庫三《すずきくらぞう》。鈴木が問題にした「会津戦争の記録」を執筆した「神崎君」とは、大逆事件研究で知られる神崎清《かんざききよし》のことである。

昭和十四年のあれは暑い頃だったと思う。私は白い麻服を着ていた記憶があるからだ。鈴木少佐からの電話で、私は重い足をひきづりながら三宅坂にあった陸軍省の報道部を訪ねた。（中略）「この会津戦争の記録は一体どういう意図の下に雑誌に掲載したのかね。これでは、読者に厭戦気分を起させるための反戦記事としか受け取れないではないかね」

鈴木少佐はきびしい顔できり出した。

会津戦争というのは皆さんも御存じのように、維新の当時、会津藩を中心とする東北六藩が連合して、明治新政府に反旗をひるがえした事件である。（中略）

今から考えると、その状況は、この記事が掲載された昭和十四年から、五、六年後の太平洋戦争の末期の日本の状況をそのまま暗示していたのである。

「私が反戦的立場に立ってあの記事をのせたなんていうのは飛んでもない誤解ですよ。筆者の神崎君もそんなつもりは決して無かったと思います。僕は、戦争というものがどんなにきびしく凄惨なものであるかを正しく理解することこそ、ほんとに戦うことの出来る者の心の基盤になると思っているのです。（後略）」

「そんな甘い考えで、この非常事態をのりこえられると思っているのかね。第一この松平容保一家の描写などは、天皇一家を風刺しているじゃないか」

「とんでもない。私たちは天皇と松平容保とを同列におくなんて夢にも考えていないのに貴君方は同列においてお考えになるのですか。」

と逆襲すると、鈴木庫三は急に言葉を和げて、

「いや今の言葉は取り消す。併しこうした記事の扱い方について、あんたの態度を変えないのなら、我々はあんたを反戦主義者として今後監視するからそのつもりでいたまえ」というのである。（中略）その日はそれで終りやっと社へ帰ることが出来たが、帰路の車の中で、私は彼等と私との間に

根本的に食い違うものがあるのを痛感したのである。そしてもうこのままでは新女苑を編集するのも永くないなと感じたのであった。

果して次の問題が起きたのはそれから四ヶ月たってからである。昭和十四年の暮、私は林芙美子さんに満州に行って、満州に於ける開拓村、及び少年義勇隊の実状をルポルタージュとして書いて欲しいと頼んだ。（中略）私はこのルポを、沢山いる御用作家には頼まないで、敢えて、作家林芙美子さんに頼んだのである。

林さんという人は、その生い立ちが語るように、正規の勉強などは殆んどしていなかった。彼女の文学修行は、貧しい女がただ一人生きていく一日一日の生活そのものの中から掘り起こして身につけたものであった。

従って林さんの作品は、彼女の孤独な魂と、対象との対決の中で生まれる。林さんという人は、日常の生活の中では必ずしも信頼出来る人ではなかったが、作品を書く彼女の姿勢は純粋であった。対象に体当りして、その真髄を彼女の詩魂を通じてとらえるのが林芙美子の信条である。

だからこそ、私は林さんに原稿を頼んだのであった。

彼女は約束通り一ヶ月近く満州をへめぐって百五十枚の原稿を届けてくれたのは昭和十五年の二月はじめであった。それは新女苑の頁数にして約五十枚をこえる分量になったのである。

私は組み上がるとすぐ、陸軍報道部の鈴木少佐の許にとどけさせた。事前検閲と云ってゲラ刷りでその内容を検閲してもらうためである。

そしてその翌日、編集の者が再び持ち帰ったその校正刷を見ると、第一頁のところに大きく「掲

『MODE et MODE』176号より

載不許可」のゴム印が押してあったのである。

「掲載不許可」としてつき返されたとしても、その時点ではそのまま引き退ることは出来なかった。林芙美子さんの原稿は百五十枚、約五十頁は「新女苑」全体の約八分の一に当る。前号での予告は勿論、四月号の一番大きい読物として宣伝をして来たのに、その発行寸前で掲載不許可となっては、「新女苑」四月号は発行することが出来なくなる。私はその不許可のゴム印の押されたゲラ刷りを持つと、陸軍報道部の鈴木少佐の許にかけつけた。午後四時頃であったろうか。

それから三時間、鈴木庫三とどんな折衝をしたか、殆んど記憶にない。無我夢中であったためだろう。わずかに憶えているのは、「満州は悪魔の如く寒い」と書かれているのを、こんなことを書けば、満州へ進出しようとする農村の人々の気持ちをはばむことになるではないかというのでけずったこととか、その頃内閣が変って、大蔵大臣に三井の大番頭、池田斉彬がなったのを、林さんは「何んともいえないホッとした氣持で受け取った」と書いたのを、「池田なんていう自由主義経済の男が大蔵大臣になったのを喜ぶなどという表現はけしからん」というのでけずったことなどである。あまり馬鹿げているので強く印象に残ったのではないかと思う。

（中略）

その後、陸軍省報道部から作者の林芙美子を同行して出頭するように通達を受けた。寒い朝であった。林さんと私は三宅坂の陸軍省の前でおち合って、報道部へ行ったが、そこでどんな話をしたかは全く記憶が無い。憶えているのは、話が終って林さんと二人陸軍省を出て、ダラダラ坂を下り、宮城の堀端の方に歩きながら、元禄の地味な着物を着た林さんが、水鼻をすすりながら、袖を合わせて、「内山さん、いやあねえ。」と、しんみり云った言葉である。

私はこの原稿を書くために、あの時林さんはどんな原稿を書いたのであろうと、当時の「新女苑」を実業之日本社の倉庫から借りて来て読み直してみた。四十年ぶりで手にとった新女苑、私は懐しさで一杯であったが、林さんの原稿「凍れる大地」を読み終えて、私はなるほどと納得がいったのである。陸軍の者たちがあれほど神経をとがらせて、掲載に難色を示したのも無理はないなとわかったのである。要するに「凍れる大地」一篇は為政者への痛烈な批判であった。全篇を貫くものは、実に暗い。絶望的な暗さなのである。ほんとうなら、あの当時の標語に従えば五族協和、王道楽土の新しい国造りの中心として日本の開拓民は、もっと健康でたくましく希望に満たされていなければならないはずであった。併し林芙美子の見た現実はまるで違っていたのである。貧しく荒涼とした中で、内地では経験したことのない、零下三十度、四十度という酷烈な寒気と戦う惨しい農民の姿であった。為政者は勝手に骨組みだけを作り、人々を送り込みながら、この人々が人間として暮らせる計画を何一つしていないのである。「建設途上なのだから、すべて我慢して、身一つでかまはぬと云ふ簡単さは、大変な間違ひだと私は考へる。アンペラ敷きの何もない部屋に住んで、二年も三年も耐えてゆく孤独さは、人間をどんな風にしてしまふか考へてもらいたいものだ。」

これは林さんの文章の一節である。これだけを云うのだって当時は大変なことだった。林さんは一月の満州遍歴の間中、感冒をひき、絶えざる微熱になやまされる肉体的不快を現実の暗さにオーバーラップして、こうして四十年後の今読み返しながらも、私はやりきれない思いがした。

併し私はこれをのせたかったのだ。開拓民の生活にしても、義勇隊の生活にしても、装飾された報告ではなく、一人の作家として、一人の人間として現実に見た真実を書いて欲しかったし、又その真実を雑誌の上に報道したかったのだ。それが彼等の気に入らなくともこれは仕方のないことだったのである。

それから三、四ヶ月たった或る日、興亜院という役所から、建設途上の中国を見てもらいたいという招待を受けた。（中略）日比谷の裏通りにある中華料理店であった。（中略）そのうち鈴木少佐はこんなことを話し出した。

「今、日本は危急存亡の非常事態に突入しようとしているので、雑誌や出版を担当している方々には是非そういう事態を理解して、自分達に協力してほしい。ただ編集者の中には、どうしても自分達の意図を理解してもらえない人々がいるのは残念だが、そうした編集者のいる出版社に対しては発行停止という処分もとることがあることを考えていて欲しい。」

何気ない態度で語る鈴木少佐の話を聞いていて、私は心の中で、ははあ、おれのことを云っているなと感じたのである。（中略）

そして二ヶ月後帰国と同時に「新女苑」を止めたのである。創刊以来三年十ヶ月、志なかばにして私は「新女苑」編集長を辞任した。（中略）それから後の「新女苑」は私にとって無縁のものであり、「新女苑」は私にとっては昭和十五年十月号を限りに死んでしまったのである。

新女苑は若き女性の雑誌である。

若きといふ意味は年齢の老幼を

のみいふのではない。若き日の
伸びゆく希望をいだき、よりよき
自らを創るべく、未だ倦まざる
若き魂をいふのである。
若き魂とは純潔と知識を愛するものを云ふ。
純潔と教養こそ我が新女苑の
念願とする道である。明日の美しきを希ふ
心若き友よ、我等が行手をして幸あらしめよ。
これは新女苑の創刊以来、巻頭第一頁に必ずかかげた標語であった。この標語も私が止めると同時に「新女苑」から消えた。（この項終り）

『MODE et MODE』178号より

引用文のうち、『新女苑』の巻頭標語は、雑誌原本と照合して補正した。その他は原文のママ。たしかに、内山の言うとおり、刊行された雑誌の「凍れる大地」には、内山が記憶する「悪魔の如く寒い」という言葉はなく、「途方もなく寒い」と改稿されている。内山のこの回想につき、私が補足することは何もない。よくぞ、書き残してくれたと思う。

芙美子の作品には一点だけ補足したい。「凍れる大地」において、芙美子は林語堂《リンユウタン》著『吾國土・吾國民』にさりげなく言及している。魯迅の友人でもあった林語堂のこの著作の原著は英文で、日本では新居格《にいいたる》の翻訳本が昭和13年7月に刊行された。同書にはパール・バックの序文もふされている。芙美子は旅の途中に滞在した日本人外交官の家で偶然読んだように描いているが、満洲に渡る前、事前に目を通していたと思われる。偶然を装ってキーワードをはめ込むのは、芙美子の得意とするところだからである。久保卓哉《くぼたくや》氏によると、昭和5年、芙美子が上海で魯迅と面識を得た際、内山完造《うちやまかんぞう》に芙美子の紹介状を書いたのは新居格であり、満洲のルポルタージュ取材を前に、この書を手引きにしない理由はない。

さて、本節の冒頭に、戦後、芙美子が『少女の友』の投稿詩選評を二年間も続けたことに言及した。これにつき補足しておきたい。同誌上で確認できた芙美子の戦後作品は次のとおり。

詩「日記・わすれな草」　昭和21年7月号。
詩論「泉の詩―詩についてのかたちとこころ―」　昭和21年9月号。

詩の題名が「日記」で、詩論の題名が「泉の詩」というのは分かりにくいのだが、これはまぎれもなく詩篇と詩論である。そして、翌月の昭和21年10月号から、投稿詩の選評を掲載している。少女たちのために、自らの詩篇を手本として提供し、続けて詩論を述べて、詩作の心得を説いているのである。戦争で荒んだ少女たちに、詩作をとおして豊かな情感を取り戻してほしいという芙美子の願いが込められている。この詩論は、その後、副題の「詩についてのかたちとこころ」を主題におきかえ、随筆集に収録された。『婦人の爲の日記と随筆』（昭和21年12月、愛育社）。これは、成人女性向けの随筆集だから、芙美子は詩論を書くに際し、少女を対象とするものであったとしても、対象を「子ども扱い」していないことが分かる。実際に、『少女の友』の投稿詩選評は、子ども向けの甘さはみじんもない。その第1回から手厳しい。「最初でもあるせゐか、良い詩がないのでがつかりしました。氣取つたり、説明したり、嘘を書いたりしないことです。あるまゝの氣持ちで、静かに、想をこらして正直な詩を書いて下さい。（中略）詩を書くひとが、きたない字で、きたない紙にざつとした詩を書くなんて淋しいと思ひます。いゝ詩を澤山送つて下さい。私をびつくりさせて下さい」。

昭和22年2月の選評では褒めることも忘れない。「詩の投書がふえて來て、今月は選をするのに三日もかゝりました。皆さん髄分熱心になつて下すつて、先生はとてもうれしいのです。だんだん素質もよくなりました（中略）皆さんの字がとてもきれいになりました。（中略）一人で何篇も出す方もあり、結構です。うんとぐわんばつて下さいね」。

少女詩人たちも、芙美子の叱咤激励に応えたことがよく分かる。

【放浪記校訂覚え帖】　内山が創刊したファッション雑誌『MODE et MODE』は、内山存命中は国会図書館に納本していない。思うに、検閲制度に痛めつけられた内山が、検閲とは性質が異なるとはいえ、国への納本を嫌ったのであろう。内山の気骨が分かる。私立御茶の水図書館の蔵書を閲覧させていただいた。

第16節　わが身上相談

放浪記の謎の一つに、昭和12年版に付された「追ひ書き」がある。本編第二部の終章に、さらに追録された不思議な加筆部分のことである。「林芙美子と云ふ名前は少々私には苦しいものになつて來ました」という書き出しで始まり、「私の反省は死ぬまで私を苦しめることでせう」と結ばれている。

なんとも思わせぶりで、沈んだ気分で書かれた随筆である。放浪記第二部には、すでに「黍畑」の詩を織り込んだ「放浪記以後の認識」が終章の位置づけで配置されている。序章の「放浪記以前」と対になって、昭和5年の正続編（第一部・第二部）が完結しているのだから、屋上屋を重ねた蛇足としか見えない。しかも、そう見られることを自覚してか、さらに「あとがき」を加筆し、言い訳をしている。芙美子曰く、「末尾に「追ひ書き」として一章を加へてみましたが、これは、巴里から歸へつた當時の、私の身上話で、こゝえ加へることはあまり感心しないのですけれども、これもある時代の私の心境だつたので、追ひ書きとして入れておきました」。

この「追ひ書き」は、その後の改版本においても削除されず、まるで終章の一部かのように扱われ

『婦人公論』昭和8年8月号

ている。数ある放浪記研究において、この蛇足と言うべき「追ひ書き」と「あとがき」の意味を解明した研究があるのかどうか、寡聞にして知らない。先行研究との重複があればご容赦いただくとして、私の理解するところを述べたい。

その謎を解くヒントは、「あとがき」に織り込まれた「私の身上話」と「私の心境」。これは対になったヒントで、芙美子は読者にこのキーワードで蛇足の釈明をしているのである。キーワード「私の身上話」が示しているのが、「わが身上相談」。これは、『婦人公論』（昭和8年8月号）に発表された随筆で、この「追ひ書き」の初出型である。初出ではなく、初出型というのは、初出テキストのうち、もっとも大事な事実を抹消して改稿したものが、「小さき境地」と改題されて随筆集『旅だより』（昭和9年、改造社）に収録され、その「小さき境地」にさらに手をいれたのが、この「追ひ書き」という複雑な成立過程を経ているからである。よって、この「追ひ書き」の成立過程を整理すると、次のようになる。

「わが身上相談」（『婦人公論』昭和8年8月）。
「小さき境地」（『旅だより』昭和9年）。
「追ひ書き」（『林芙美子選集第五巻／放浪記』昭和12年）。

この随筆の複雑な成立過程は、そのまま放浪記本編の複雑な改作過程の謎を解く鍵でもある。初出型の「わが身上相談」に書かれ、その後抹消された「大事な事実」とは何か。それは、「十年前」の芙美子の私信、しかも借金申込みの手紙を雑誌社に売り込んだ友人が居たというのである。以下に引用するのは、「追ひ書き」では抹消された初出部分である。文中の「此雑誌」とは、『婦人公論』即ち中央公論社。

以上、心境と云ふには、あまりごたごたした事をかいて來たが、これを書く動機については、私の十年前の手紙を、此雑誌に賣りに來たと云ふ人があるのだ。しかも身上や借金の手紙で、はなはだ幼稚な文意には我ながら苦笑せざるを得ない。その手紙を上げた人は死んでしまつたのだが、その奥さんとは十年の交友だ。いまさら友情と云ふものをはかなく考へる。「まァいじめないで下さい」と肩を叩いて一言も云ひたくなる。何故色々とうるさい事だらけであるのであらう。（中略）その手紙について、思ひ出なりを書いてほしいと此雑誌の注文であつたが、心がその時より大人になつてゐる。空々しくて書けるものではない。（中略）まァい丶としやう、元は、私の手紙なぞを賣りに來たひとが悪いのだから……その手紙の中で、一番心苦しいのは、兩親の事をあまりよく云つてない事が、十年もたつて心が成長して來てゐるいま兩親に對しても何の氣持ちもおきてないのに、そのやうなものを發表しなければならないのを心苦しく思ひ、此雑誌に私は斷りに行つて此氣持を諒として貰つた。

「わが身上相談」（『婦人公論』昭和8年8月）

この随筆を書いた昭和8年から遡って「十年前」というと、関東大震災の前後ということになる。

その当時から、夫妻ともに芙美子の友人で、昭和8年当時、その夫が亡くなっているといえば、おおよその想像はつくし、その借金申込みの事実とその相手は、芙美子が別の随筆に書いている。だが、ここではその人物の名の詮索はやめておこう。

この随筆が掲載された『婦人公論』の特集テーマは「思ひあまつた身の上相談」。読者から寄せられた「身の上相談」を数人の識者があれこれと評するという趣向だが、その特集の目玉が芙美子の「わが身上相談」というわけである。芙美子の随筆を見ると、中央公論社は、その手紙を買い取り、芙美子に提供する替わりに、その手紙をテーマに随筆の執筆を依頼したということになる。おそらく、売り込んだ人物は改造社へも持ち込んだであろうと推測されるが、結果的に中央公論社の手にわたったことで、外部には流出しなかったということになる。

その後、随筆集『旅だより』（改造社）に収録する際、これらの事実を抹消したのは当然の配慮である。文中の「此雑誌」などの文言を抹消しなければ、随筆集の読者は、その雑誌社は改造社だと誤解するだろう。また、問題の手紙売り込み事件も抹消しなければ、売り込んだ人物の犯人捜しは避けられないし、ゴシップ雑誌によって芙美子自身がさらし者にされかねない。ここは、『婦人公論』の特集テーマの範囲にとどめた方が得策である。読者は、実話ではなく、芙美子の創作だと深読みしてくれるかも知れない。

これで、この「追ひ書き」に至るまでの、改題と改稿の背景事情は分かったのだが、ではなぜ芙美子は、この問題多き随筆を、昭和12年版に追録したのかという疑問はまだ解決していない。

その疑問を解く鍵もまた、「追ひ書き」と対をなす「あとがき」にある。この「あとがき」もまた大きな謎の一つであった。謎という理由は、この昭和12年版におびただしい改作・改稿を施しながら、「あまり手を入れませんでした」と、事実とまったく逆のことを述べているからである。問題の叙述は次のとおり。

この放浪記は昭和五年の七月に出版されて、のちに文庫になりましたけれど、私はこの放浪記をみるのが辛くて、暫く絶版にしておきました。

（中略）

この放浪記を書いてから、丁度十年たちますけれど、十年の間、私には仕事の上で色々の苦しさがありました。放浪記以後、どれもこれも素描のやうな仕事ばかりで、明るみに出してみると、私の作品はどれもこれも痩せたものばかりのやうな氣がします。

放浪記を、こんどこそはじめから書きなほしてみるつもりでしたけれど、讀みかへしてゐるうちに、噴出してゐる文字の力は、これはこれなりに尊いものであり、生活の安定してゐる現在の私が、變な風に手を加へてはいけないと思ひ、私は、この放浪記には、あまり手を入れませんでした。

（昭和12年版あとがき）

改造文庫『放浪記・續放浪記』は、昭和8年5月に刊行され、どれだけ刷りを重ねたかは分からない。私が入手した刷り版は「昭和10年2月20日、20版」。「絶版」にしたというのが事実なら、これ以降ということになるが、少なくとも20刷りまで重ねた文庫本につき、「みるのが辛くて」絶版にしたのが事実とは思えない。そしてなによりも、放浪記刊行史において、最も大きな改作と改稿を施しながら、「あまり手を入れませんでした」と事実と異なることを述べたのは何故なのか?

この不可解な「あとがき」が、検閲当局による強制的な改作の証拠だと、私は考えざるを得ない。実際には、この改版において「目標を消す」などという不穏な短編タイトルはすべて抹消し、大正天皇の喪と分かる「一九二六」という年次もすべて抹消した。芙美子自身が言うところの「噴出してゐる文字の力」も、半減させるまでに改稿した。それが、「みるのが辛くて」絶版にした結果、改作したのであれば、正直に「手を入れた」と言えばよい。それをあえて逆のことを言うということは、文庫本を絶版処分にしたことすら、検閲当局の水面下の強制の結果かと疑わざるを得なくなる。ゆえに、この「あとがき」と先の「追ひ書き」を著者が収録した意味は、この改作が、著者芙美子の本意ではないことを読者に示す、反語的メッセージとして読みとるべきではなかろうか。この「追ひ書き」は、放浪記改作過程の謎を解く鍵ではあっても、放浪記を構成するものではない。

加えて、芙美子が言うところの「十年の間」に起きたこととして、先の手紙売り込み事件の直後に起こった、芙美子の治安維持法違犯容疑による警察訊問がある。『讀賣新聞』(昭和8年9月8日付夕刊、9月13日付夕刊）によると、芙美子は同年9月5日に中野警察署に留置され、12日夕方まで勾留された。報道では、「某方面への資金提供」容疑ということだが、実際のところは、分からない。その間、警視庁特高課野中警部補の取調を受けたというから、まる8日間の特高訊問を受けたことになる。警察署配属の特高係ではなく、本庁特高課の出張尋問だから、軽微な容疑ではない。芙美子が警視庁の訊問を受けるのは、和田久太郎の福田襲撃事件に次いで二度目だが、まる8日間も自宅に帰さない勾留訊問には異様さを感じさせる。すでに流行作家となった芙美子に逃亡のおそれはなく、勾留訊問の背後に、特高警察が「資金提供」以外のことに関心を持っていたとしても不思議ではない。

第12節で述べたとおり、第二部「酒屋の二階」の登場人物山本虎三が、旅順監獄で不敬犯として服役していたことは、すでに警視庁の知るところとなっているし、手紙売り込み事件の直後だから、誰かの密告ということも考えられる。

特高警察の訊問聴取書が出現しない限り、密室での取調の眞相は知るべくもないが、昭和8年の夏から秋にかけ、芙美子に思いもかけない受難が重なったことは事実である。そして、その受難は、青春放浪時代のような、貧しく若く無名の詩人ゆえの困難ではなく、成功した作家であるがゆえの受難であったことが、放浪記改作過程に影を落としているのである。

芙美子の人物評には、市井の庶民や子どもには優しく接するのに、作家やジャーナリストとの交際には難があったというものが多い。しかし、無名時代の借金申込みの手紙が、長年の友人と認めていた人物から雑誌社に売り込まれたのだから、芙美子が人間不信に陥ったのは当然であろう。雑誌社に昔の手紙を売り込むくらいなら、芙美子本人に金錢の融通を申し込めばよい。芙美子はそう思うだろうし、その売り込み事件の直後、警視庁特高課の勾留訊問に遭遇したのだから、心を固く閉ざすようになったことはやむを得ない。

とはいえ、特高訊問でひるむような芙美子ではない。同年11月発行の『文學界』（文化公論社）に、「朝顔」と題する警察訊問体験記を発表して反撃したところに、芙美子の面目がある。

【放浪記校訂覚え帖】　昭和12年版に追録された「追ひ書き」は、その後の新潮社版だけでなく、戦後復刊版の改造社昭和21年版においても抹消されず、終章に続いて収録されている。現在でも、終章の一部であるかのように扱われている。この追録部分を復元版に収録しないという判断は、伏せ字復元とは正反対の校訂のため、ためらいがあったことは否定できない。復元版と称しながら、長年にわたり掲載され続けてきた「追ひ書き」を抹消するのは表題に反するという批判はあろう。収録したうえで注釈をつけるという選択もありえた。だが、「追ひ書き」は、どうしても放浪記本来の姿にはなじまない。「追ひ書き」の初出型「わが身上相談」を突きとめた時、収録しないことの判断に確信を持てた反面、知られざる芙美子の孤独な苦闘と苦悩も知ることになった。放浪記とは一度切り離したうえで、本書で言及することにしたゆえんである。

第17節　空飛ぶ魔女 北村兼子

芙美子の文運が百花繚乱のごとく花開いた昭和5年は、はじめての海外旅行で幕が開けた。台湾で催された婦人文化講演会に、講師の一人として招かれたのである。これは、婦人毎日新聞社が創刊一周年を記念して開催したもので、掲載した写真は、このとき、婦人毎日新聞論説部長北村兼子《きたむらかねこ》の案内で、講師一行が台湾独立運動家彭華英《ホウカエイ》とその妻で医師蔡阿信《サイアシン》の営む清信医院を訪ねたときのもの。前列右から北村兼子、望月百合子、林芙美子、二列目右から蔡阿信《サイアシン》、生田花世《いくたはなよ》、彭華英《ホウカエイ》、後列が山田《やまだ》やす子、堀江《ほりえ》かど江。講師6人のうち、山田やす子は婦人毎日新聞編集長、北村兼子が論説部長、残る4人は、『女人藝術』同人である。北村兼子は、『女人藝術』にも寄稿している。ゆえに、この講演会は、婦人毎日新聞創刊一周年記念行事に、『女人藝術』同人が花をそえたのである。

放浪記の『女人藝術』連載を辿ると、芙美子は、この台湾旅行の昭和5年1月号から3月号まで、連載を休んでいる。同年4月に、連載第14回「裸になつて」を発表した後、最終回の第20回までは一度も休んでいない。同年7月、連載第17回目の「雷雨」を発表すると同時に、改造社単行本デビュー

昭和５年１月撮影

を果たし、同年8月から9月にかけて、約一ヶ月の中国旅行をし、新居格と内山完造を介して魯迅との面識を得た。改造社の単行本『續放浪記』は同年11月の刊行だから、『女人藝術』には掲載しなかった7つの短編とあわせ、計14編の短編は、台湾から帰国後のわずか8ヶ月で一挙に仕上げられた可能性がある。その間には一ヶ月の中国旅行をしているのだから、実質的には7ヶ月しかない。芙美子は、よく『女人藝術』発表以前に書きためていたように回想しているが、それならば、昭和5年1月号から3月号まで休載する理由がない。また、検閲による伏せ字の有無という視点で見ると、この14編のうち、伏せ字が施されなかった短編はわずか2編しかなく、あとの12編はすべて検閲に触れた。これに対し、この台湾旅行以前に発表された13編のうち、伏せ字が施されたものは、わずか一編しかない。台湾旅行までは筆を押さえていたものの、台湾旅行以降は筆が走り出した結果、ほとんどの短編に検閲の傷跡が残った、と理解せざるを得ないのである。

この理解が誤りでないとするならば、昭和5年に成立した改造社版『放浪記』『續放浪記』に収められた本編全27章のうち14章分は、台湾旅行から帰国後に一気に書き上げられたのである。もちろん、放浪時代の歌日記や草稿の存在までを疑いはしないけれども、作品として成立させたのは、この7ヶ月だと言える。しかも、放浪記各短編だけでなく、この7ヶ月間に、芙美子が発表した詩篇、随筆、短編小説は、およそ70点にも上る。猛烈とも形容すべき執筆活動であり、かつ発表機会が与えられたからでもある。芙美子の文運が百花繚乱の如く花開いたと言うこともできるし、魔法のような7ヶ月と言い換えることもできる。この台湾の講演旅行は、芙美子を触発させること大なるものがあったと思う。その講演旅行の主人公が、本節のタイトルとした北村兼子である。以下、大谷渡《おおやわたる》氏の研究に基づき、芙美子と同年生まれの兼子のプロフィールを紹介しよう。

北村兼子は、明治36年11月26日、大阪生まれ。祖父北村龍象《りゅうぞう》は漢学者。父北村佳逸《かいつ》も漢学者で、のち、大阪時事新報編集局主筆。兼子は弟が生まれる大正8年までの15年間、北村家の跡取りとして漢学を中心に学んだ。小学校入学までに『日本外史』と『十八史略』を修めていたという。

大正9年、大阪府立梅田高女卒業。

大正11年、大阪外国語学校英語科入学。

大正12年、関西大学法学部聴講生。

大正13年、金祉燮《キムジソブ》らの二重橋事件につき、金が詠んだ漢詩に着目し、「爆弾事件と法の適用」という論説を『大阪毎日新聞』（4月29日夕刊）に掲載した。同年5月と6月、当時は女性の受験例がなかった高等文官試験に、門前払いを承知で出願。受験不許可。

大正14年、『大阪朝日新聞』記者として、在学のまま採用。新聞雑誌に論説発表開始。同年8月、はじめて取材飛行機に搭乗する。

大正15年、最初の単行本『ひげ』（同年2月）を出版。同年中に計4冊の単行本出版。社会部企画「人間市場に潜入して」取材のため、福岡と神戸のカフェに女給として潜入取材。美形の花形記者ゆえに、ゴシップ雑誌にでっちあげ記事が頻発する。

昭和2年、『怪貞操』を出版。4月、レコード「怪貞操」を出す。7月、新聞社を退社。

昭和3年、『婦人記者廃業記』を出版。7月～8月、ハワイの「汎太平洋婦人会議」に出席。

昭和4年、『婦人毎日新聞』論説部長兼任。『女浪人行進曲』を出版。6月、ベルリンの万国婦人参政権会議に出席、英語とドイツ語で演説。同地でラジオ放送演説も行う。同地で藤田嗣治《ふじたつぐはる》と知り合い、以後、兼子の著作の装幀画の多くは藤田が描いた。ヨーロッパ各地を巡回し、帰国には飛行船ツェッペリン号乗船手続きをすませていたにもかかわらず、日本人男性記者の妨害で乗船できず、アメリカ経由、海路で帰国する。

昭和5年、1月、台湾の婦人文化講演会。4月に単独で台湾再訪。帰路、香港から中国を北上するように各地で要人と懇談。『表皮は動く』、『新台湾行進曲』、『地球一蹴』を出版。同年12月、立川の日本飛行学校入学。5ヶ月後には単独飛行を果たす。

昭和6年、『子は宝なりや』出版。7月6日、飛行士免許取得。8月の飛行機での訪欧を目前にした7月26日、虫垂炎手術のあと腹膜炎で死去。享年27歳。没後に遺著『大空に飛ぶ』出版。

兼子は、23歳から亡くなる27歳までのわずか5年間に、単行本13冊を出版し、新聞雑誌に発表した論説・随筆は数知れず、いまだにその全業績には光があてられていない。芙美子とは異なり、環境にめぐまれて育ったとはいえ、その才能と強靱な意志には驚嘆せざるを得ない。兼子が『女人藝術』に寄稿した随筆は、「布哇《ハワイ》だより」（昭和3年9月号）が最初のようだ。同年10月号の「異説戀愛座談會」には、芙美子とともに名を連ねている。『女人藝術』を介して、芙美子は兼子を知ってはいたのだが、はじめての海外講演旅行を、この兼子やパリ帰りの望月百合子らと共にしたことは、芙美子に大きな刺激を与えたと思われる。兼子が中国を南から北に縦断旅行を終えたあと、芙美子は同じ中国を北から南に縦断旅行をして魯迅と面会し、兼子がわずか27歳で急死したあと、芙美子はパリに旅立ったのである。その台湾講演旅行の行程は次のとおり。同じく、大谷渡氏の研究から。


1月2日、講演会一行は、神戸を発ち、基隆《キールン》に向かう。

1月5日、台北鉄道ホテルにおける予定演題（『台湾日日新報』より）。

生田花世「近代文藝と婦人」、堀江かど江「将来の女性に就て」、望月百合子「フランス婦人に就て」、林芙美子「台湾の延長支那を語る」、北村兼子「万国婦人参政大会から帰りて」、山田やす子「憧れの台湾」。

1月8日、台中の蔡阿信・彭華英を訪問する。

1月9日、蔡阿信・彭華英の案内で、台湾独立運動家林献堂《リンケンドウ》を訪問する。

兼子は林献堂の長男林攀龍氏と漢詩を交わし、林氏は次のような漢詩を兼子に贈った。

米欧踏破尚紅顔。　讃仰純心浄世間。

一月萊園春將美。　嗟君倏忽去台湾。

1月15日、台北医学専門学校で最後の講演。この間、新竹、台中、台南、高雄、嘉義などで講演。

1月18日、帰国の途につく。

北村兼子を筆頭とする婦人文化講演会には、現地の新聞も注目した。大谷氏によると、『台湾民報』

（同年1月25日付）は、北村兼子を「フェミニスト」、望月百合子を「アナキスト」、堀江かど江を「ソシヤリスト」、林芙美子を「ニヒリスト」、山田やす子を「社民党員」と評したようだ。なかなか的を射た寸評だと思う。

芙美子が『女人藝術』（昭和5年3月号）に掲載した「台湾を旅して」によると、講演会一行は「十人ばかり」、「雲右衛門を論ずる天民氏あり、新聞を説く山田女史あり、私を代議士にしてくれと叫ぶ北村女史あり、遠い文学を論ずる生田女史、フランスの女を語る望月女史、婦人の貞操を論ずる堀江女史、チャチな詩を讀み、貧乏な漫談をこゝろみる林芙美子あり、婦人毎日新聞主催するところの婦人文化講演會は、スピード、スピード、フォード的ハンドルをまわして、フォルモサの島を縦走したのである」と語った。文中の「雲右衛門」とは浪曲師「桃中軒雲右衛門《とうちゅうけんくもえもん》」のことだろうが、「雲右衛門を論ずる天民氏」とは、ジャーナリストの「松崎天民《まつざきてんみん》」である。楊智景氏によると、天民以外にもレディス洋裁学院の佐藤都代子らも講師陣に加わっていた。「フォルモサ」とは、ポルトガル人が緑溢れる台湾につけた美称である。

また、芙美子が『改造』（昭和5年3月号）に掲載した「台湾風景―フォルモサ縦断記―」では、「こゝでは台湾民衆党を組織するところの、古い富豪、林献堂と云ふ人の家へ案内された。（中略）長男、林攀龍氏は、外國遊学から歸へつたばかり、同行ツェッペリン女史との連詩の交換は仲々アカヌケタものであつた」とも語った。兼子のツェッペリン号乗船騒動と漢詩の交換にもさりげなく言及している。兼子の実名は出さずとも、『改造』の読者には「ツェッペリン女史」の綽名で通ずるだろうが、兼子に対する嫉妬を感じさせないでもない。それも、兼子の才能と男社会に敢然と挑む姿勢を評価するがゆえの、芙美子流の兼子素描である。

兼子が新聞雑誌に発表した論説・随筆の全容に光をあてるのは容易ではないが、私が気づいたもので、本書第14節で紹介した、カナダはバンクーバーで刊行された日本語新聞『大陸日報』に、兼子の評論が掲載されている。この台湾婦人文化講演会と同年の4月28日から10回連載。10回とも1面掲載だから破格の扱い。表題は「日本女性の法律脅威」。妻の法的地位を「無能力者」とする旧民法の欠陥を糺弾するもので、兼子の歯切れの良さが小気味よい。長文なので全文を紹介できないのが残念である。興味のある読者は、マイクロフィルムで是非御覧いただきたい。

同じ『大陸日報』同日付第2面には、台湾に同行した望月百合子の詩も2篇掲載されている。「移民の冬」と「唾を吐きかけた」。どちらも、北海道移住民の暮らしを唄ったもので、百合子らしい、まっすぐな眼差しが表れている。『女人藝術』（昭和5年2月号）を見ると、百合子が北海道釧路から東京に宛てて書いた短信が載っている。百合子も台湾から帰国後、すぐ北海道に出かけ、そのときの体験を唄ったのであろう。兼子の法律評論と百合子の詩篇を同日に載せるというのは、『大陸日報』編集者が、二人の経歴を知悉しているからに他ならない。編集の妙に感心する。

さて、芙美子が同年生まれの才女、それも極めつきの才女北村兼子について語った随筆は、先に掲げた2編しか見つからないが、イニシャルを用いて語った創作風の浅草紀行文がある。掲載されたのは『女人藝術』（昭和4年5月号）。登場人物は「K—M—H」。紀行文の表題は「下町行脚　浅草」。3

人のモダン・ガールが一日《いちじつ》、淺草で遊ぶという他愛ない紀行文。著者の署名もなく、登場人物もイニシャルなのだが、登場人物を推測しやすくは描いている。すなわち、「H」は林芙美子、「M」は望月百合子、「K」が北村兼子を連想させるのである。その描写は以下のとおり。

どつかへ行きたい、どつかへ行きたい、どつかへ行きたいで、集つた連中三人、すなはち姦しい。だがMもHもKもおとなしい事この上もなく、ほがらかに、まだ寒いと云ふのに、たうたうたらり、向つたのは淺草、MもKも、「肩を張らなくてい、わねー。」（H）

近眼で何を見ても美しく見えるところから詩人になつたかどうか知らないが、どんなおつかないものが來てもHはすまし込んで、何よう？　近眼でないKとMはお交際が大變だ。お酒も呑まないうちに威張るない！（M）

KMHと背の順にならんで歩いてゐる、之ははしごだ、HがKとMの内に這入ると谷間だ、谷間になるとHはあはて丶はしごの方にかけだす。（K）

「近眼の詩人」は芙美子で間違いない。冒頭に掲載した台湾講演旅行の写真を見ると、背たけは、兼子、百合子、芙美子の順。すなわち、「KMH」の順で付合する。もちろん、この紀行文は匿名で、創作性が強いのだが、創作ならばこそ、兼子、百合子、芙美子というスーパーモダン・ガール3人が一日《いちじつ》浅草で遊ぶという情景がまぶしい。芙美子に文運を授け、天空に飛び去った、魔法使いのような傑女、北村兼子の早世を惜しみ、一節を設けた次第である。（了）

あとがき―林芙美子の文学人生―

林芙美子は実人生においても、かずかずの日本近代史の節目となる事件とできごとに遭遇して来た。そして、そのときどきの試練に際し、他人《ひと》に頼ることなく、一人の自由な個人として敢然と立ち向かった人生であったと言える。

芙美子は、明治36年12月31日生まれとして、出生届がなされた。本当の生まれ月は、産婆さんと母キクさんしか知らず、5月説と6月説が唱えられている。それにしても、戸籍上は大晦日生まれだから、なんとも切羽詰まった人生を暗示させるものがある。日露戦争宣戦布告は、翌年2月10日。日本近代史の節目に生をうけたのである。実父宮田麻太郎は明治15年生まれ。鹿児島行商の年（明治35年）には徴兵適齢。徴兵検査を免れることはできないから、抽籤で入営を免れたのだろうか。そうでなければ、芙美子は生まれていない。

芙美子は「八つの時、私の可憐な人生にも、暴風を孕むやうになった」と言う。実父との別れだから、それはそのとおりなのだが、見方を変えれば、幸徳秋水らの大逆事件検挙の年でもある。10歳で桜島大噴火に遭遇し、大正12年9月1日、20歳で関東大震災に遭遇した。大正15年5月24日、尾道で皇太子の山陽道行啓を目撃してから7ヶ月後、東京で大正から昭和への改元を迎えた。

放浪記の連載が開始された昭和3年10月は、昭和天皇の即位大礼の年。連載中の昭和5年1月、はじめて台湾講演旅行を経験し、その直後、霧社事件が発生した。改造社単行本デビューを果たした後、中国を北から南に縦断し、魯迅との面識を得た。翌昭和6年末、満洲事変の渦中にシベリア鉄道でパリ行きを決行し、復路はインド洋経由で帰国した。昭和13年には内閣情報部のペン部隊に召集され、漢口一番乗りを果たした。だが、この時夫手塚緑敏も内地勤務とはいえ、看護兵として召集されていた。陸海軍病院看護婦と赤十字病院看護婦を除き、夫と妻の両方が同時に「徴兵」されたのは、おそらくこの夫婦だけである。芙美子が召集に応じなければ、緑敏は、戦地送りになっていたかも知れない。芙美子は、昭和17年から18年にかけて、再度、陸軍報道部に召集され南方に派遣された。

昭和21年秋、憲法公布にあわせ、放浪記初版本に付された伏せ字の半分を復元し、翌昭和22年5月、憲法施行と同時に放浪記第三部の連載を開始した。だが、東京裁判の終結と同時に連載を中断し、第四部は未完のまま、敗戦文学浮雲に全力を傾注し、完成直後に急死した。実人生もまた、詩的であり文学的であった。

芙美子と同時代を生きた人々には、程度の差はあれ、戦争に翻弄された体験がある。しかし、芙美子ほど、戦争と検閲に翻弄されながらも、自らの運命を自力で切り拓いた人物は稀だと思う。その文学人生が、放浪記の成立史と刊行史に凝縮して反映されていることに気づいたとき、校訂復元版という形で放浪記を甦らせることにためらいはなかった。芙美子に代わり、戦争と検閲に一矢を報いなければならないと思ったのである。重ねて言うが、著者芙美子に対し、恥じることのない作業であったとの自負は持っている。

本書は、その校訂復元作業が学術的批判に耐えられるか否か、作業過程を公開し、芙美子と読者に対する責任を果たそうとしたものである。「まえがき」で述べたとおり、本書は放浪記の「謎解き書」でもあるが、作品の理解度という点では、作者本人に及ぶところではない。芙美子が放浪記に織り込んだ秘密は他にもあるだろうし、読者には、検閲によって改竄された放浪記ではなく、原作本来の放浪記を読み直してほしいと思う。

私が放浪記の改作過程に関心を持ったのは、戦争と検閲との対抗関係を通して作品を読み直すという、我流の研究手法を心がけていたからだが、これまでに解明してきた社会運動に関する書誌研究では、せいぜい4種程度の版本を比較すればよかった。放浪記のようなベストセラーにつき、著者存命中の15種の版本すべてに異同があるなどとは想像もしていなかった。また、日本の検閲制度だけではなく、芙美子存命中はGHQ検閲の洗礼も受けなければならない。芙美子はその文学人生において、検閲から自由であったことは一日としてなかったのである。

そのGHQ検閲が放浪記第三部にどのような影響を与えているのかは、まだ解明するには至らないが、一点だけ、原爆による被爆の惨禍を織り込んだのではないかと思われる詩が、第三部「泣く女」冒頭に唄われている。

宵《よひ》あかり　宵《よひ》の島々静《しづ》かに眠る
海の底には魚の群落
ひそやかに語るひめごと
魚のさゝやき魚のやきもち。
遠《とほ》いところから落日が見える
地の上は紙一重の夜の前《まへ》ぶれ
人間は呻きながら眠つてゐる
宵《よひ》の島々　宵《よひ》あかり
兵隊《へいたい》は故郷をはなれ
學生《がくせい》は故郷へかへる。

人ごとならずとさゝやきながら
人々は呻きながら生きる
此《こ》の世に平和があるものか
岩《いは》おこしのべとべとの感觸《かんしよく》だ
人生とは何でせう……
拷問《がうもん》のつゞきなのよ
人間はいぢめられどほし。
いつかはこの島々も消えてゆくなり

牛と鶏だけが生きのこつて
この二つの動物がまじりあふ
羽根のはえた牛
とさかをもつた牛
角のはえた鶏
尻尾のある鶏。
永遠《えいゑん》なんぞと云ふものがあるものか
永遠《えいゑん》は耳のそばを吹く風なり
宵《よひ》あかり　只島々は浮いてゐる
乳母《うば》車のやうにゆれてゐる
考古學者《かうこがくしや》もほろびてしまふ……。

第三部「泣く女」より

そして、本文はこの詩につづき、「律法《おきて》なくば罪は死にたるものなり」と、新約聖書「ローマ人の書」が引用される。GHQ検閲の眼目は、米軍の占領政策批判を封じるところにあるが、原爆投下批判も許さなかった。廣島の尾道を旅の古里とも思う芙美子が、原爆投下につき、他人事として無視できるはずがないと思う。被爆の惨禍を直接的な表現で綴ることが許されないとしたら、詩人芙美子が採る手段は、文学作品に織り込むことであろう。そして、新約聖書を引用することにより、GHQ検閲係官の目を欺いたのではなかろうか。

最後に、芙美子の年譜考証の部類に属することで、解明したい問題につき述べておきたい。それは大杉榮との関係である。放浪記においては、戦後作の第三部においてはじめて大杉の名を出している。昭和5年に成立した第一部・第二部で大杉の名を出さないのは当然の配慮だと思っていたのだが、芙美子は、昭和6年のある雑誌において「私はかつて、(大正拾年)頃大杉榮氏の家に遊びにゐつてゐた」と書いていた。その雑誌は『新興藝術研究』第2輯(昭和6年6月)。芙美子の随筆のタイトルは「廣い地平線」。これは、その後「私の地平線」と改題され、随筆集『旅だより』(改造社、昭和9年)に収録されたため、初出誌がこれまで分からなかった。『新興藝術研究』は、板垣直子の夫板垣鷹雄《いたがきたかお》主宰誌。第2輯には芙美子のほか、小林多喜二《こばやしたきじ》「壁小説と「短い」短篇小説」、平林たい子「プロレタリア・リアリズムに就いての感想」、尾崎翠《おさきみどり》「第七官界彷徨」などがある。発行人は関根喜太郎《せきねきたろう》。荒川畔村《あらかわはんそん》という別名でも知られた人物。宮澤賢治《みやざわけんじ》の『春と修羅』発行人でもあり、西村陽吉《にしむらようきち》の東雲堂とも関わりが深い。

芙美子が大杉の家に遊びに行ったという「大正拾年」には、芙美子はまだ上京していない。この年次はカモフラージュだろうが、芙美子は何時大杉との面識を得たのだろうか。

林芙美子と放浪記の謎は尽きない。

二〇一三年七月十七日　廣畑研二

『林芙美子 放浪記 復元版』年次考証

昭和5年7月（正）

昭和5年11月（続）

昭和8年改造文庫

昭和24年第3部

放浪記の年次考証

　放浪記の謎のなかでも、特に悩ましい問題が、初版で各章の章末に付され、のちの改造文庫本で変更され、さらには抹消された年次の問題である。復元版においては、たんに初版に付された年次を復元するのではなく、著者が各短編執筆時に想定していたであろう時代背景を考え、妥当と考える年次を付した。だが、戦後作の第三部には、著者による年次は付されなかった。あえて年次を付した理由を述べなければならない。これは、本書の各節すべてにまたがる問題なので別稿を起こした。テキストの校訂一覧と対をなすものとして御覧いただきたい。次頁に一覧表を示し、放浪記各短編における年次の問題を、次の項目に整理して述べることとする。

(一)、雑誌初出では2編の短編にしか年次が付されなかったのはなぜか。
(二)、単行本第二部（昭和5年11月）に年次の欠落があるのはなぜか。
(三)、改造文庫本（昭和8年）で年次を書き換えたり、抹消したのはなぜか。
(四)、昭和12年版ですべての年次を抹消したのはなぜか。
(五)、第三部で年次が付されなかったのはなぜか。

放浪記の各短編年次考証

発表順	タイトル	年次				月次		
放浪記		初出	初版	8年版	復元版	初出	初版	復元版
序章	放浪記以前							
16	淫賣婦と飯屋		1922	1924	1924	12月		
14	裸になつて		1923	1924	1923	4月 5月		
13	目標を消す		1923	1924	1924	11月 12月		
5	百面相	1923	1924	1924	1924	4月		
6	赤いスリッパ		1924	−	1924	5月 6月		
7	粗忽者の涙		1925	−	1925	5月 6月 7月		
17	雷雨		1925	1925	1925	7月 8月		
1	秋が來たんだ		1925	1925	1925	10月 11月	10月	10月 11月
2	濁り酒		1925	1925	1925	10月 11月		
3	一人旅		1925	1925	1925	12月		
4	古創	1926	1926	1926	1926	1月 2月		
8	女の吸殻		1926	−	1926	7月		
12	秋の脣		1926	1926	1926	10月 11月		
9	下谷の家		1927	1927	1927	1月 2月		
續放浪記		初出	初版	8年版	復元版	初出	初版	復元版
	戀日		1922	1922	1924	1月		
	茅場町		1922	−	1922	6月 7月		
11	三白草の花		1923	1923	1923	9月		
20	女アパッシュ		1924	−	1924	2月 3月		
	八つ山ホテル		1924	−	1924	3月 4月		
18	海の祭		−	−	1925	7月		
15	旅の古里		1925	1925	1925	6月	8月	6月
	港町での旅愁		1926	−	1926	4月 5月		
	夜の曲		1926	1926	1926	5月 6月		
	赤い放浪記		1926	1926	1926	9月 10月		
10	酒屋の二階		1926	1926	1926	12月		
19	寝床のない女		−	−	1927	2月 3月	2月	2月 3月
	自殺前		1926	1926	1927	2月 3月		
終章	放浪記以後の認識		1930	1930	1930			
第3部		初出・初版に年次なし			復元版	初出・初版に異同なし		復元版
1	肺が歌ふ				1924	3月 5月		
2	十字星				1923	7月 8月		
3	第七初音館				1924	9月 10月		
4	泣く女				1924	10月		
5	冬の朝顔				1924	12月		
6	酒眼鏡				1925	12月		
7	パレルモの雪				1926	1月		
8	土中の硝子				1926	2月 3月		
9	神様と糠				1924	6月		
10	西片町				1926	7月		
11	ガラテヤ				1926	8月		
第4部（未完）								
12	新伊勢物語				1922	11月		
13	二錢銅貨				1924	8月		

（一）

『女人藝術』連載計20編のうち、年次が付されたのは次の2編。

連載第4回目「古創―一九二六―」。月次は「一月」と「二月」。

連載第5回目「百面相―一九二三―」。月次は「四月」。

「古創」には、作品そのものに、明らかな問題がある。「古創」の月次は「一月」と「二月」なのに、冒頭に引用された詩は、『文章倶楽部』（一九二六年五月）に発表された「十月の海」が原題。原作と、「古創」に引用された詩とを比較する。

十月の海
十月の海は眞白でした
東京へ旅立つその日
青い蜜柑の初なりを籠いつぱい入れて
ニユ川から天神丸に乗りました。
（中略）
十月の白い海と
青い蜜柑の匂ひは
其日の私を
賣られてゆく人形の様に淋しくしました。

一月×日
海は眞白でした
東京へ旅立つその日
青い蜜柑の初なりを籠いつぱい入れて
四國の濱邊から天神丸に乗りました。
（中略）
一月の白い海と
初なりの蜜柑の匂ひは
その日の私を
賣られて行く女のやうにさぶしくしました。

一目瞭然、原作「十月の海」を「古創」の設定である「一月」にあわせるため、改作したということが分かる。しかし、原作の「十月の海」ならば、作中の「青い蜜柑の初なり」という言葉が生きてくるのに、これを無理に「一月」の作品として改作したため、月次と内容が一致しない不可解な構成になってしまった。「一月」に「青ぎりの蜜柑」はないからである。しかしながら、詩の初出は「一九二六年」だから、試行錯誤の試行例としてはありえよう。

もう一つ、ここには試行錯誤しなければならない理由がある。詩の原作「十月の海」のうち、「ニユ川」が、放浪記「古創」において「四國の濱邊」に改稿されたのは何故かという問題である。

この「古創」の前に配置された短編「一人旅」は、芙美子が東京を離れ、母キクさんの居る四国の徳島に行ったという設定で描かれている。そこに「ニユ川」という地名が登場するのである。「一人旅」の描写では、「長崎」や「尾道」といった実在の地名が登場する。「ニユ川」も架空の地名とは思えない。そこで、四国に実在する「ニユ川」を探してみると、愛媛県周桑郡に「壬生川《にゅう》」がある。壬生川が流れる地域は、芙美子の実父宮田麻太郎の郷里であり、芙美子にも縁がある。詩の原作「十月の海」は、壬生川港から「天神丸」に乗るという描写なのだが、放浪記「古創」の設定は徳島だから、「ニユ川」を「四國の濱邊」と書き換えたのである。

また、のちに芙美子が『文藝春秋』(昭和11年8月)に掲載した「こんな思ひ出」という随筆を見ると、福岡の直方の次に定住したのが「高松」だとも書いている。ここではその眞僞を詮索する必要はないが、放浪記に登場する四国の地名は、実父宮田の存在を連想させないような配慮がはたらいているように感じてならない。そのような配慮が、年次記載の試行錯誤につながっている。

つぎの「百面相」では、作品の冒頭に、いきなり「地球よパンパンとまつぷたつに割れてしまへ」という驚きの表現がある。これは当然に関東大震災を暗示するから「一九二三」でよいのだが、この短編の月次は震災の「九月」ではなく「四月」。これでは芙美子は震災を予知したことになってしまう。これは、『女人藝術』同人や読者に指摘されたであろう。そこで、単行本で「一九二四」と訂正せざるを得なかったのである。よって、『女人藝術』連載の第4回目と第5回目は、年次と月次の設定に無理がある。第6回目からまた年次を付さなかった理由の一つかも知れない。

（二）

改造社の単行本第一部にはすべての短編に年次が付されたのに、第二部の短編に年次が付されなかったものがある。これは短編の前後関係にその理由がある。次の2編は、題材が共通するから、同年次のものと考えてよい。なのに、なぜ「海の祭」に年次を付さなかったのか?

連載第18回目「海の祭―年次なし―」月次は「七月」。

連載第15回目「旅の古里―一九二五―」雑誌初出の月次は「六月」。

雑誌発表順に編集していれば、どちらも同年次で問題ないのだが、単行本編集の際に、順序を変えてしまったため、両者を同年次とすると、「七月」から「六月」に逆戻りしてしまう。そこで、急遽とられた対策は、前者には年次を付さず、後者の月次を「八月」に変更したのであった。これは、著者芙美子が考えた対策なのか、版元の改造社が考えた対策なのか、どちらとも断定はできない。

これで年次順に編集するという建前は守られたわけだが、なぜか、月次を変更したまではよかったのに、本文テキストが「六月」のママ改稿されなかった。そのため、月次が「八月」なのに、本文は「六月」という破綻が生じてしまった。

「旅の古里」初版本105頁より

八月×日

枕元をガリガリ水色の蟹が這つて行く。町はストライキだ。……山の小道を、子供を連れたお上さんやお婆さんが、點々と上つて來る。六月の海は、銀の粉を吹いて、縺れた樹の色が、シンセンな匂ひをクンクンさせてゐた。

これは、その後の改版本でも訂正されず、芙美子存命中には、このミスは版元の誰もが気づかなかったようだ。ようやく、新版新潮文庫(昭和54年版)で本文が「八月の海」と訂正された。しかし、原作本来の描写は、雑誌初出の通り「六月」であり、訂正するなら月次を「六月×日」とすべきであった。復元版では、月次を「六月×日」と校訂し、「六月の海」を生かした。

連載第19回目　「寝床のない女―年次なし―」月次は「二月」「三月」。
「自殺前―一九二六―」月次は「二月」「三月」。

後者の「自殺前」は、『女人藝術』には掲載されていない。両者の内容は連続するものゆえ、月次も「二月」「三月」でよいようにも思う。しかし、「三月」から「二月」に戻ることを避け、月次の連続性を保ちたかったのであろう。前者の月次を「二月」だけに変更し、年次も付さなかった。これは、一見すると、先の「海の祭」と同様なケースに見えるのだが、この短編にはもう一つの問題がある。それは、「一九二六」という年次そのものの疑問である。

「寝床のない女」の直前に編集された短編は、「酒屋の二階」。この短編は「一九二六年十二月」だから、その後に配置された短編「寝床のない女」と「自殺前」は、「一九二七」でなければならない。ここには年次と月次の扱いの双方に疑問があり、著者のためらいが感じられる。それは、作品の内容に、その理由がある。

「自殺前」は、文字通り芙美子が「カルモチン」を服用した自殺未遂を題材にしたものだが、作中では服用の前に、浅草公園で、田辺若男、水谷八重子らの舞台を見たことになっている。田辺若男著『俳優』では、この公演は「一九二七年十二月」であったと言っている。田辺は、自身の日記と新聞のスクラップをもとに回想しているので正確である。すると、この短編には、現実の舞台公演と、芙美子の心象風景が重ねられているわけで、年次や月次の扱いにためらいが生じるのは当然かも知れない。ここは、単行本としての編集順から見ても、新劇公演の事実から見ても、年次を「一九二七」と校訂し、月次は原作のママとした。

(三)

改造文庫本（昭和8年）で年次が変更されたのは、次の3編。

連載第16回目「淫賣婦と飯屋」一九二二→一九二四。

連載第14回目「裸になつて」一九二三→一九二四。

連載第13回目「目標を消す」一九二三→一九二四。

これらは、単行本で第1章から3章まで連続して配置された作品だから、理由は分かりやすい。本書第5節でも述べたとおり、「淫賣婦と飯屋」という作品は、本来は関東大震災の翌年のものだから、「一九二四」でなければならないが、この短編を単行本第1章に配置したいという芙美子の意思が、単行本編集の際、「一九二二」とさせたのである。そうすれば、表面的には年次順という建前が生きる。改造文庫において本来の年次に訂正した理由は、改造編集部や読者の指摘があったのかも知れない。年次順という建前を崩しても、作品本来の意味を生かしたのであろう。


「目標を消す」も、同様に関東大震災の翌年の描写だから、「一九二四」と訂正することが望ましい。「裸になつて」については、復元版で「一九二三」に戻した。この短編の内容は、関東大震災以前だからである。改造文庫本において、初版年次の「一九二二」を「一九二四」に書き換えたのは、第1章を「一九二四」としたため、年次が遡ることを避けたかったのであろう。これにより、表面的には年次順編集という建前は守られる。本来「一九二三」だと判断する理由は、作中の「帝劇」にある。帝国劇場は堅牢な建造物のため、震災でも倒壊せず、出火もしなかったのだが、隣の警視庁の出火が延焼し、劇場再建まで閉鎖を余儀なくされた。放浪記「裸になつて」では、「帝劇の灯がキラキラ」と輝いており、その月次は「五月」である。よって、この短編の年次は「一九二三」でよい。

改造文庫本で年次が抹消されたのは、次の6編。6編のうち、半分の3編は『女人藝術』では発表されなかった。

連載第6回目　「赤いスリッパ」―一九二四―を抹消。

連載第7回目　「粗忽者の涙」―一九二四―を抹消。

　　　　　　　「茅場町」―一九二三―を抹消。

連載第20回目　「女アパッシュ」―一九二四―を抹消。

　　　　　　　「八ッ山ホテル」―一九二四―を抹消。月次は「三月」と「四月」。

　　　　　　　「港町での旅愁」―一九二六―を抹消。

このうち、「赤いスリッパ」については、復元版と本書の双方で述べたとおり、「淫賣婦と飯屋」の年次変更にともない、登場人物上野山清貢がタイムスリップしなければ、文脈がつながらなくなってしまった。文脈破綻を避けるため年次を抹消せざるを得ないという意味と、和田久太郎との関係を希薄にしたいという二つの意味がある。

「茅場町」については、本書第6節で述べたとおり、『婦人運動』では、関東大震災当時、新宿に住んでおり、東京に居残ったと言い、『女人藝術』「三白草の花」では、震災当時根津に住んでおり、酒船で東京を脱出したことにしている。「茅場町」の描写は、震災直前と考えるのが自然なのだが、そうなると、震災当時、芙美子は新宿と根津の双方に同時に住んでいなければならず、これは短編一つの問題にとどまらず、作品全体に文脈的破綻が生じてしまう。それゆえ年次を抹消したと考える。復元版においても、この短編年次を「一九二三」のママとするか、「一九二三」と補正するかは最も悩ましい問題であった。結果的に「一九二二」を選択した理由は、作品全体の文脈破綻を避けるべきだと考えたからである。

「八ッ山ホテル」には、近松秋江宅での女中体験に触れる描写がある。改造文庫本では、すでに「淫賣婦と飯屋」を「一九二四年十二月」と訂正しているから、ここも「一九二四年四月」では前後関係に矛盾が生じる。ゆえに年次を抹消したのである。「女アパッシュ」と「八ッ山ホテル」は同種の内容だから、片方の年次を抹消するだけでなく、両方を抹消する必要が生じたという理由のほかに、もう一つの問題がある。

それは、作中の登場人物「べニ」とその「パパ」である。放浪記には、実在の詩人や作家が数多く実名で登場するが、この「べニ」と「パパ」には、虚構性を強く感じる。結論から言うと、「べニ」は芙美子自身を投影させた人物像で、「パパ」は尾道の恩師小林正雄をデフォルメした人物像だと思う。平林たい子は、放浪記に小林正雄が登場しない理由につき、小林自身が芙美子に自分を書かないよう釘をさしたと言っている。小林のその言を疑う理由はないが、それでも芙美子が小林を放浪記に仮名で織り込んだとして不思議はない。作中の「べニのパパ」は、元ハワイ移民という設定だから、実在の小林正雄の経歴と付合する。作中で、芙美子が「べニ」の非行をいさめる場面は、これを芙美子自身が自分をいさめたものと理解すれば、「べニ」とその「パパ」の関係は、芙美子と小林の関係に見えてくる。むろん、実在の小林正雄は詐欺をはたらくような人物ではないから、虚構性を強調するための仮構であり、年次抹消の理由になる。廣島県は、日本で最も数多くの海外移民を送り出したところであり、放浪記には廣島の移民史が投影されている。

「粗忽者の涙」と「港町での旅愁」の年次を抹消した理由として考えられることは、野村吉哉に対する配慮である。本書第9節から第11節で述べたように、芙美子と吉哉の関係は、舞台や映画で形成されて来た、救いのないものとは違うと思われる。「粗忽者の涙」と「港町での旅愁」では、野村吉哉の実名は明かしていないが、読者には、匿名の「夫」や「あの男」が、吉哉のことだとは分かる。放浪記において、吉哉存命中には、芙美子は実名を出さなかった。実名を放浪記に出したのは、吉哉没後の戦後作第三部においてである。そのため、吉哉に配慮した結果、年次を抹消したのであろう。

（四）

昭和12年版において、短編タイトルと年次がすべて抹消された。この年次考証で見てきたとおり、各短編に付された年次には疑問の残るものがある。しかし、それは実体験と創作とを織り交ぜた作品ゆえに生じるものである。仮に疑問のある年次を抹消するため、結果的にすべての年次を抹消せざるを得なかったと理解したとしても、短編タイトルをすべて抹消する理由にはならない。これは、検閲当局による水面下の強制としか考えられない。

日記体文学においては、タイトルと年次は、メッセージ性を強調する不可欠な要素であり、これの抹消と本文の改稿は一体のものと見なければならない。タイトルと年次を抹消せず、本文だけを改稿したのであれば、著者本人の内発的改作という議論も成立するが、そうでない以上、検閲当局による強制性を否定することはできないのである。

（五）

憲法公布にあわせて復刊された、改造社昭和21年版において、伏せ字の約半分が復元された。改造社と放浪記の復活と言うべきだが、短編のタイトルと年次は復元されなかった。その理由は、この時点で、刑法第74条不敬罪はまだ廃止されてはいなかったからである。現に、戦後の食糧メーデーにおいて、不敬罪が適用されて起訴されたプラカード事件という実例がある。

昭和22年5月に連載が開始された第三部においても年次が付されなかったのは、同年10月26日まで刑法不敬罪が廃止されなかったからである。

短編年次考証の最後に、著者自身の手では年次が付されたことのない、第三部及び未完の第四部につき、年次を特定した理由を述べる。タイトル、年次、月次は以下のとおり。

第三部

「肺が歌ふ──一九二四──」「三月」「五月」。

「十字星──一九二三──」「七月」「八月」。

「第七初音館──一九二四──」「九月」「十月」。

「泣く女──一九二四──」「十月」。

「冬の朝顔──一九二四──」「十二月」。

「酒眼鏡―一九二五―」「十二月」。

「パレルモの雪―一九二六―」「一月」。

「土中の硝子―一九二六―」「二月」「三月」。

「神様と糠―一九二四―」「六月」。

「西片町―一九二六―」「七月」。

「ガラテヤ―一九二六―」「八月」。

第四部（未完）

「新伊勢物語―一九二三―」「十一月」。

「二銭銅貨―一九二四―」「八月」。


放浪記第三部は、憲法施行にあわせて発表された。「肺が歌ふ」は、その記念碑的第1章だから、芙美子の筆遣いも、他の短編とは桁違いに力が入っている。テキスト分量も他の短編の二倍あり、質量ともに、第三部を代表する短編と言える。年次考証のキーワードは「生田長江」と「大杉榮」の二人。芙美子は詩集出版の力添えを期待し「生田長江」を訪ねた際、「私はころされた大杉榮が好きなのです」と独白する。大杉が虐殺されたのは、一九二三年九月だから、この短編は翌二四年以降ということになる。生田長江は、病気療養のため、一九二五年には東京を離れ転地療養をしている。そのため、芙美子が長江を訪ねることができるのは「一九二四」年しかない。第一部と第二部の第1章も、年次は「一九二四」だから、放浪記が関東大震災以降に書き始められたことと付合する。

つづく第2章「十字星」の年次につき、第1章と同じ「一九二四」ではなく、「一九二三」としたキーワードは、「萬世橋驛の赤レンガ」。東京駅の原型と言われる萬世橋駅は、関東大震災で焼失する。「十字星」では赤レンガの駅舎の前で「双葉劇團支配人」と待ち合わせるという設定になっており、ここは第1章と年次が前後しても、「一九二三」でなければならない。

第3章「第七初音館」では、芙美子は「根津の權現樣」で休憩し、「震災の時、こゝで野宿をした」と回想する場面がある。年次は震災翌年の「一九二四」である。

第4章「泣く女」のキーワードは「友谷靜榮」と詩集『二人』。この詩集を発行したのは、一九二四年だから、この年次も「一九二四」として自然である。なお、蛇足ながら、この「泣く女」には、五十里幸太郎が「この涼しいのに尻からげ」で団子坂附近を走っている場面がある。本書第8節で見たとおり、五十里は間接的に福田雅太郎襲擊事件に関与しており、警視庁の訊問も受けた。起訴は免れたものの、刑事の尾行がついている。五十里が「涼しいのに尻からげ」で走っているのは、刑事の尾行をまくためである。この描写は、五十里と同じく警視庁の訊問を受けた芙美子のちょっとした、いたずら。大澤正道氏によると、昭和34年、五十里は平凡社校正室で赤ペンを握ったまま亡くなったという。五十里が生前に放浪記第三部を読んでいたら、ひとり苦笑したことであろう。

第5章「冬の朝顔」のキーワードは、「牛屋の女中」と「野村吉哉」。「牛屋」は第一部「百面相——

一九二四―」の設定と類似し、作中で芙美子は「正月には野村さんのところへ行きたい」と言う。ここは「一九二四年十二月」という設定になる。

第6章「酒眼鏡」は、第5章の直後なのに、野村吉哉との生活がすでに破綻している。作品としては唐突な展開だが、第一部「粗忽者の涙―一九二五―」で既に述べたことなので、読者にはさほどのとまどいは与えないだろう。このスピード感が放浪記の持ち味でもある。

第7章「パレルモの雪」と第8章「土中の硝子」は、第6章から内容が連続しており、その月次も「一月」「二月」「三月」と自然な展開になっている。年次は「一九二六」として無理がない。

第9章「神様と糠」のキーワードは、登場人物の一人「東儀鐵笛《とうぎてつてき》」。早稲田大学校歌の作曲者でもある東儀は、一九二五年二月に亡くなった。この短編の月次は「六月」のため、第8章の年次「一九二六」とは前後するが、「一九二四」とせざるを得ない。作中でも南天堂の狂騒場面が描かれ、芙美子が南天堂に出入りしていた時期と重なる。

第10章「西片町」と第11章「ガラテヤ」は、連続する内容のため、同一年次と見てよい。「西片町」に挿入された詩には「薄曇り四年にわたる東京の」という言葉がある。芙美子が上京した一九二二年から積算すると、「一九二五」か「一九二六」に絞られる。年次考証のキーワードは、後者の「ガラテヤ」にある。そこでは、尾道に帰った芙美子が、「宮様」がお召し列車で山陽線尾道付近を通過する場面に遭遇する。芙美子曰く、「晝《ひる》過ぎの汽車で宮様《みやさま》が御通過《つうくわ》になる由にて、線路沿ひの貧民窟《ひんみんくつ》の窓々は夜まで開《あ》けてはならぬ、と云ふお達しが來る。……宮様《みやさま》とはいつたい何者なのか私達は知らない。何も知らないけれども尊敬しなければならないのだ。晝《ひる》頃から、線路の上を巡査が二人みまはつてゐる」。これは、ときの皇太子による、岡山、廣島、山口三県にわたる山陽道行啓のこと。国家の公式行事だから期日まで特定できる。それは、一九二六年五月二十四日。芙美子が月次を「八月」にしたのは、直接に皇太子行啓を題材にしたと見られることを避けたためであろう。

「ガラテヤ」というタイトルは、新約聖書「ガラテヤ人への手紙」に由来し、作中でも「ガラテヤ人への手紙」のほか、「ペテロの第二の書」からも引用している。芙美子は、放浪記第一部、第二部では聖書を引用しなかった。「ガラテヤ」発表時点（昭和23年9月）では、刑法第74条不敬罪は廃止されてはいるが、GHQ検閲に対する備えという意味もあるかも知れない。

未完の第四部第1章は、第二部「茅場町」を除いては、放浪記において唯一描かれた上京初年の描写である。芙美子の年譜的考証と一致する。第三部を完結させた後、第四部として上京初年に戻るのも自然な展開であり、年次は「一九二二」でよい。

第四部第2章は、雑誌『日本小説』には発表されなかった。いまのところ、『林芙美子文庫・放浪記Ⅱ』（新潮社）しか手がかりがない。放浪記本編全40章の終章にあたり、未完とはいえ、これを区切りにするという気持ちが筆遣いに表れているように思う。一読すると、「新伊勢物語」の続編のようにも見えるが、ここには「もう一度、あの激しい大地震はやって來ないものだらうか」と書かれている。これは関東大震災を意味するから、「八月」という月次を生かすには、年次は「一九二四」と理解し、「新伊勢物語」とは、はっきりと区別しなければならない。著者によるタイトルが付された書誌は発見されておらず、文学研究者であれば「無題」とするところ、あえてタイトルをふした理由でもある。タイトルは、作中に挿入された詩篇「二錢銅貨」に拠った。本編全40章の第1章「淫賣婦と飯屋」の年次が「一九二四」であるように、放浪記は関東大震災を機に筆を起こし、震災に言及して筆を擱《お》いたのである。

放浪記における大きな謎である短編年次の考察は、歴史研究者ゆえにできる考証もあろうと着手したものの、単独作業ゆえ完全だと言い切るものではない。本来なら、文学研究者と歴史研究者の共同作業によってなされるべきものだと思う。ご批判ご教示を仰ぎたい。(了)

『林芙美子　放浪記　復元版』テキスト校訂一覧

昭和 14 年版

昭和 21 年版（続）

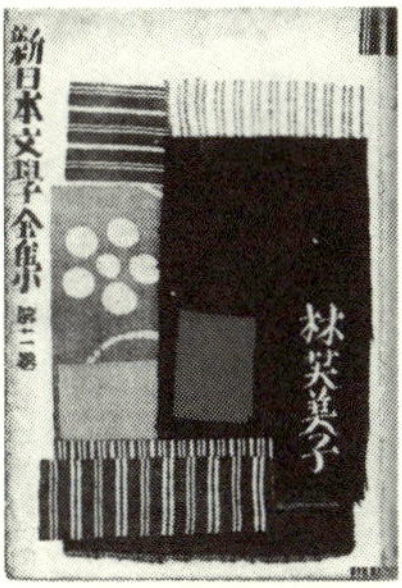

昭和 16 年版

昭和 21 年版（正）

昭和 22 年新潮文庫

一、放浪記校訂作業に用いた版本すべての異同テキストを再現するのは煩雑に過ぎる。主要な異同テキストにつき、上段に『放浪記　復元版』の校訂テキストを示し、中・下段に、主要な版本の異同テキストを示す。

一、改造社初版本における句読点と仮名遣いの誤用は、のちの改版本でほとんどが補正されているため、この一覧では省略する。

一、各版本の略号は以下のとおり。初出雑誌は誌名（女人藝術、改造、日本小説）を表記する。
改造社初版→昭和5年版。改造文庫→昭和8年版。林芙美子選集→昭和12年版。新潮社決定版→昭和14年版。新日本文学全集→昭和16年版。改造社復刊版→昭和21年版。新潮文庫→昭和22年版。林芙美子文庫Ⅰ・Ⅱ→昭和24年版。中央公論版→昭和25年版。林芙美子全集→昭和26年版。新版新潮文庫→昭和54年版。

一、伏せ字は原書に従い、「……」「××」「○○」で示し、活字が削り取られた空白部分と脱字は「□□」で示す。

一、活字と活字スペースそのものが抹消された部分は取り消し線「~~取り消し~~」で示す。

『林芙美子 放浪記 復元版』テキスト校訂一覧

放浪記以前

〈校訂復元版〉

3頁 私は宿命的《しゆくめいてき》に放浪者《はうらうしや》である。
私は古里《ふるさと》を持たない。
私は雑種《ざつしゆ》でチャボである。

5頁 私の勤めてゐた、粟《あは》おこし工場《ば》は、個人經營《こじんけいえい》なので、非常《ひじやう》に時間が不規則であつた。五時の引けでも、一時間位《くらゐ》は手傳はされるのだつた。／仲々めんどくさい世渡《よわた》りだと、私は七人の女工達へうつたへたが一笑に附されてしまつた事がある。

7頁 これは香月《かつき》から歩いて來る

8頁 あんたも、三十過《す》ぎとん

9頁 戰爭《せんさう》でも始まるとよかな。

〈昭和5年版〉

3頁 私《わたし》は宿命的《しゆくめいてき》に放浪者《はうらうしや》である。
私《わたし》は古里《ふるさと》を持《も》たない。
私《わたし》は雑種《ざつしゆ》でチャボである。

〈昭和5年版〉

~~私の勤めてゐる、粟おこし工場は、個人經營なので、非常に時間が不規則であつた。五時の引けでも、一時間位は手傳はされるのだつた。／仲々めんどくさい世渡りだと、私は七人の女工達へうつたへたが一笑に附されてしまつた事がある。~~

〈昭和5年版〉

11頁 これは香月《かうげつ》から歩《ある》いて來《く》る

〈昭和5年版〉

15頁 あんたも、卅過《す》ぎとん

〈昭和5年版〉

16頁 戰爭《せんさう》でも始《はじ》まるとよかな。

〈昭和12年版〉

3頁 私は宿命的に放浪者である。
私は古里を持たない。
~~私は雑種でチャボである。~~

〈改造昭和4年10月〉

49頁 私の勤めてゐる、粟おこし工場は、個人經營なので、非常に時間が不規則であつた。五時の引けでも、一時間位は手傳はされるのだつた。／仲々めんどくさい世渡りだと、私は七人の女工達へうつたへたが一笑に附されてしまつた事がある

〈昭和54年版〉

13頁 これは香月《かつき》から歩いて来る

〈昭和14年版〉

12頁 あんたも、四十過ぎとん

〈昭和14年版〉

12頁 □□でも始まるとよかな。

此の淫賣婦の持論《ぢろん》は、いつも
戰爭《せんさう》の話だつた。／人がどん
どん死ぬのが氣味《きみ》がい丶と
云つた。此の世の中が、煮《に》え
くり返《かへ》るやうになるとい丶
と云つた。炭坑《やま》にうんと金が
流れて來るとい丶と云つた。

9頁　彼女《かのぢよ》はいつぱい涙《なみだ》をためた
朱《あか》い舌《した》を、窓から投げて淋し
さうに笑つてゐた。

10頁　私の帆布《ほぎれ》でこしらへた財布

10頁　白帆《しらほ》が一ッ川上《かはかみ》へ遡《さかのぼ》つてゐる

淫賣婦と飯屋

11頁　百合子と云ふ子供は私には
苦手《にがて》だ。

12頁　貰つた紙包みを開いてみたら

14頁　拾錢玉《じつせんだま》一つの榮養《えいやう》食

此淫賣婦《このいんばいふ》の持論《ぢろん》は、いつも
戰爭《せんさう》の話《はなし》だつた。／人《ひと》がどん
どん死《し》ぬのが氣味《きみ》がいいと
云《い》つた。此世《このよ》の中《なか》が、煮《に》えく
り返《か》へるやうになるとい丶
と云《い》つた。炭坑《やま》にうんと金《かね》が
流《なが》れて來《く》るとい丶と云《い》つた。

〈昭和5年版〉

16頁　彼女はいつぱい…………
…………を、窓《まど》から投《な》げて淋《さび》し
さうに笑《わら》つてゐた。

〈昭和5年版〉

18頁　私《わたし》の帆布《ほぬの》でこしらへた財布《さいふ》

19頁　白帆《しらほ》が一ッ川上《かはかみ》へ登《のぼ》つてゐる

〈昭和5年版〉

21頁　百合子《ゆりこ》と云《い》ふ子供《こども》は私《わたし》に
苦手《にがて》だ。

〈昭和5年版〉

24頁　貰《もら》つた紙《かみ》を開《ひら》いてみたら

29頁　拾錢玉《じつせんだま》一つの營養食《えいやうしよく》

この淫賣婦の持論は、いつも
□□の話だつた。人がどんど
ん□□のが□□がい丶と云
つた。この世の中が、□□□
□□やうになるとい丶と云
つた。炭坑にうんと金が流れ
て來るとい丶と云つてゐた。

〈昭和12年版〉

13頁　彼女は窓から何か投げては
淋しさうに笑つてゐた。

〈昭和21年版〉

18頁　私の帆布でこしらへた財布

19頁　白帆が一ッ川上へ溯つてゐる

〈昭和14年版〉

17頁　百合子と云ふ子供は私には
苦手だ。

〈昭和12年版〉

20頁　貰つた紙包みを開いてみたら

24頁　拾錢玉一つの榮養食

16頁　門番の小屋みたいなのがあ
つて、白《しろ》と黒と青との風景。
17頁　お上さんは、茶を淹《い》れながら

裸になつて

19頁　私が少し代るから
19頁　花が咲きたいんぢやなく
強権者《きやうけんしや》が花を咲かさせるので
す

24頁　こなごなに血へどを吐いて、
華族《くわぞく》さんの自動車《じどうしや》にでもひ
かれてやらうか

目標を消す

30頁　ハイハイ私は、お芙美さん
は、ルンペンプロレタリアで
御座候《ござさふらふ》だ。何もない。
何も御座無く候《さふらふ》だ。
あぶないぞ！　あぶない
ぞ！　あぶない無産者故《むさんしやゆゑ》、バ

33頁　門番《もんばん》の小屋《こや》みたいなのがあ
つて、白《しろ》と蒼《あを》と青《あを》との風景《ふうけい》。
36頁　お上さんは、茶を入《い》れながら
〈昭和5年版〉
40頁　私が少し變《かは》るから
42頁　花《はな》が咲《さ》きたいんぢやなく
強権者《きやうけんしや》が花《はな》を咲《さ》かせるので
す
〈昭和5年版〉
53頁　こなごなに血《ち》へどを吐《は》いて、
××さんの自動車《じどうしや》にでもし
かれてやらうか
〈昭和5年版〉
64頁　ハイハイ私《わたし》は、お芙美《ふみ》さん
は、ルンペンプロレタリアで
御座候《ござさふらふ》だ。何《なに》もない。
何《なに》も御座無《ござな》く候《さふらふ》だ。
あぶないぞ！　あぶない
ぞ！　あぶない無精者故《ぶせうものゆゑ》、バ

27頁　門番の小屋みたいなのがあ
つて、白と黒と青との風景。
30頁　お上さんは、茶を淹れながら
〈昭和14年版〉
32頁　私が少しかはるから
34頁　~~花が咲きたいんぢやなく強~~
~~権者が花を咲かせるのです~~
〈昭和12年版〉
43頁　こなごなに血へどを吐いて、
華族さんの自動車にでもし
かれてしまひたい
〈昭和14年版〉
50頁　~~ハイハイ私は、お芙美さん~~
~~は、ルンペンプロレタリアで~~
~~御座候だ。何もない。~~
何も御座無く候だ。
あぶないぞ！　あぶない
ぞ！　あぶない無精者故、バ

クレツダンを持たしたら、喜
んで持てる奴等にぶち投げ
るだらう。
こんな女が、一人うぢうぢ生
きてゐるより早くパンパン
と地球《ちきう》を眞《ま》二ッにしてしま
はうか。

32頁　家《いへ》にかへる時間となるを、た
だ一つの待つことにして、
今日《けふ》も働けり。

33頁　御飯まだ炊かなかつたんで
すか

百面相

35頁　ランマンと花の咲き亂れた
四月の空は赤旗だ。

35頁　病犬《やまいぬ》のやうにふるへて來る

37頁　まるで野生の集《あつま》りだ。

40頁　あゝ夜《や》だ夜《や》だ夜《や》だよ。
何《なん》もいらない夜《よ》だよ。

クレツダンを持《も》たしたら、喜《よろこ》
んで持《も》たせた奴等《やつら》にぶち投《な》
げるだらう。
こんな女《をんな》が、一人《ひとり》うぢうぢ生《い》
きてゐるより早《はや》くパンパン
と××を眞《ま》二ッにしてしま
はうか。

67頁　家《いへ》にかへる時間《じかん》となるを、た
だ一つ待《ま》つことにして、今日《けふ》
も働《はたら》けり。

69頁　御飯まだ焚かなかつたんで
すか

〈昭和5年版〉

73頁　ランマンと花《はな》の咲《さ》き亂《みだ》れた
四月の空《そら》は赤旗《あかはた》だ。

75頁　病犬《やみいぬ》のやうにふるへて來る

80頁　まるで野性《やせい》の集《あつま》りだ、

84頁　あゝ夜《よる》だ夜《よる》だ夜《よる》だよ。
何《なに》もいらない夜《よる》だよ。

クレツダンを持たしたら、喜
んでそこら邊へ投げつける
だらう。
こんな女が、一人うぢうぢ生
きてゐるよりも、いつそ早
く、眞二ッになつて死んでし
まひたい。

54頁　家にかへる時間となるを、
たゞ一つ待つことにして、今
日も働けり。

55頁　御飯はまだ炊かなかつたん
ですか

〈昭和14年版〉

58頁　ランマンと花の咲き亂れた
四月の明るい空よ、

59頁　病犬のやうに慄へて來る

62頁　まるで野生の集りだ、

66頁　~~あゝ夜だ夜だ夜だよ。~~
~~何もいらない夜だよ。~~

40頁 暗い窓に凭《もた》れて、走つてゐる 人家《じんか》の灯《ひ》を見てゐると	85頁 暗い窓に凭《もた》れて、ぢつと暮《くら》い 人家《じんか》の灯《ひ》を見てゐると 〈昭和5年版〉	66頁 暗い窓に凭れて、走つてゐる 人家の灯を見てゐると 〈昭和14年版〉
赤いスリッパ		
42頁 ナムアミダブツの無常《むじやう》を悟《さと》す	89頁 ナムアミダブツの無情《むじやう》を悟《さと》す	70頁 ナムアミダブツの無常を悟す
43頁 體《てい》のいゝ居坐りで	91頁 程《てい》のいゝ居坐《ゐすわ》りで 〈昭和5年版〉	71頁 體《てい》のいゝ居殘りで 〈女人藝術昭和4年4月〉
45頁 燃えるやうな息を聞いた。た くましい胸の激しい大波の 中に、しばし私は石のやうに 溺れてゐた。	95頁 ×××やうな×を聞《き》いた。× ×ましい胸《むね》の×××××の 中《なか》に、しばし私《わたし》は××××× ×××ゐた。 〈昭和5年版〉	48頁 燃えるやうな息を聞いた。た くましい胸の激しい大波の 中に、しばし私は石のやうに 溺れてゐた。 〈女人藝術昭和4年5月〉
粗忽者の涙		
55頁 革命來《こ》ず 萩原《はぎはら》さんが遊びに來《く》る。	118頁 ×××× 萩原《はぎはら》さんが遊《あそ》びに來《く》る。 〈昭和21年版〉	70頁 六月×日 萩原さんが遊びに來る。 〈昭和12年版〉
	118頁 革命はまだ。 萩原さんが遊びに來る。 〈女人藝術昭和4年5月〉	95頁 (六月×日) 萩原さんが遊びに來る。 〈昭和16年版〉
55頁 平手《ひらて》もて 吹雪《ふぶき》にぬれし顔《かほ》を拭《ふ》く 友共産《きようさん》を主義《しゆぎ》とせりけり	70頁 平手もて 吹雪にぬれし顔を拭く 反共産を主義とせりけり	49頁 ~~平手もて~~ ~~吹雪にぬれし顔を拭く~~ ~~友共産を主義とせりけり~~

55頁
酒《さけ》呑《の》めば鬼《おに》のごとくに青《あを》か
り大《おほ》いなる顔《かほ》よ
かなしき顔《かほ》よ。

雷雨
58頁
しふねく強く
家《いへ》の貧苦《ひんく》、酒《さけ》の癖《くせ》、遊怠《あそび》の癖《くせ》
私が何《なん》べん叫《さけ》びよばはつた
事《こと》か、苦《くる》しい、さびしい、
狂人《きやうじん》の様《やう》に踊《をど》りよろこばう

62頁
私は男の息苦るしさを感じ
た。機械油くさい菜つ葉服に
押されると、私はをかしくも
ない笑ひがこみ上げて來た。
／十七八の娘ではなし／私
が男の首に手を巻いて言つ
た事は、

118頁
〈昭和5年版〉
酒《さけ》呑《の》めば鬼《おに》のごとくに青《あを》か
り大《おほ》いなる顔《かほ》よ
かなしき顔《かほ》よ。

125頁
〈昭和5年版〉
しふねく強く
家《いへ》の貧苦《ひんく》、酒《さけ》の癖《くせ》、遊怠《あそび》の癖
私《わたし》が何《なん》べん叫《さけ》びよばつた事《こと》
か、苦《くる》しい、狂人《きやうじん》のやうに踊《をど》
りよろこばう。

133頁
〈昭和5年版〉
私《わたし》は×××××××を感《かん》じ
た。機械油《きかいあぶら》くさい菜《な》つぱ服《ふく》に
×××ると、私《わたし》はおかしくも
ない笑《わら》ひがこみ上《あ》げて來《き》た。
／十七八の娘《むすめ》ではなし／私《わたし》
が×××××××××言《い》つ
た事《こと》は、

50頁
酒呑めば鬼のごとくに青か
り大いなる顔よ
かなしき顔よ。

309頁
〈槐多の歌へる〉
しうねく強く
家の貧苦、酒の癖、遊怠の癖
私が何べん叫びよばはつた
事か、苦しい、さびしい、狂
の様に踊りよろこばう

69頁
〈女人藝術昭和5年7月〉
私は男の息苦るしさを感じ
た。機械油くさい菜つぱ服に
押されると、私はをかしくも
ない笑ひがこみ上げて來た。
／十七八の娘ではなし／私
が男の首に手を巻いて言つ
た事は、

62頁
雷《かみなり》と雨《あめ》……夜がしらみかけた頃、男は汚れたまゝの顔を延ばして眠つてゐる。ふゝんハイボクの兵士か！

63頁
春夫《はるを》の車窓殘月の記を讀んでゐると

64頁
午後二時。

ボンヤリして、カウンターのそばの鏡で、髪をなでつけてゐると、立ちうりの萬年筆のテキヤが、二人飛び込んで來る。

「あゝ俺《おら》ァびつくりしたぜ、クリヤマ（巡査）がカマる（來る）からゴイ（逃げ）ろつて、梅の野郎が云ふんで、お前をつゝいたんだよ。」

二人は泥のついた萬年筆を

133頁
〈昭和5年版〉
雷《かみなり》と雨《あめ》……夜《よ》がしらみかけた頃《ころ》、男《をとこ》は汚《よご》れたまゝの顔《かほ》を延《の》ばして眠《ねむ》つてゐる。~~ふゝん~~
~~ハイボクの兵士か！~~

137頁
〈昭和5年版〉
春夫《はるを》の車窓殘月の記を讀《よ》んでゐると

138頁
~~午後二時。~~
~~ボンヤリして、カウンターのそばの鏡で、髪をなでつけてゐると、立ちうりの萬年筆のテキヤが、二人飛び込んで來る。~~
~~「あゝ俺ァびつくりしたぜ、クリヤマ（巡査）がカマる（來る）からゴイ（逃げ）ろつて、梅の野郎が云ふんで、お前をつゝいたんだよ。」~~
~~二人は泥のついた萬年筆を~~

69頁
〈女人藝術昭和5年7月〉
雷と雨……夜がしらみかけた頃、男は汚れたまゝの顔を延ばして眠つてゐる。ふゝんハイボクの兵士か！

106頁
〈昭和14年版〉
春夫の東窓殘月の記を讀んでゐると

71頁
午後二時。

ボンヤリして、カウンターのそばの鏡で、髪をなでつけてゐると、立ちうりの萬年筆のテキヤが、二人飛び込んで來る。

「あゝ俺ァびつくりしたぜ、クリヤマ（巡査）がカマる（來る）からゴイ（逃げ）ろつて、梅の野郎が云ふんで、お前をつゝいたんだよ。」

二人は泥のついた萬年筆を

風呂敷にしまひながら、
「姉さん！　支那そば並のを
二丁くんな。」
鏡にすかして、雨が針のやう
にふつてゐる。私は九州の長
崎の思ひ出に、唐津物を賣つ
てゐた頃、よく父が巡査にな
ぐられたのを思ひ出した。
63頁　バカヤロ、バカヤロ、お芙美《ふみ》
さん！

秋が來たんだ

67頁　函館《はこだて》の青柳《あをやぎ》町こそかなしけれ
友《とも》の戀歌《こひうた》
矢ぐるまの花《はな》。
69頁　聞きほれてゐるのだつた。
71頁　そんな奴の子供なんか生んぢ
やあ大變だと思つて辛子《からし》を茶
碗一杯といて呑《の》んだわよ

風呂敷にしまひながら、
「姉さん！　支那そば並のを
二丁くんな。」
鏡にすかして、雨が針のやう
にふつてゐる。私は九州の長
崎の思ひ出に、唐津物を賣つ
てゐた頃、よく父が巡査にな
ぐられたのを思ひ出した。
139頁　バカヤロ、バカヤロ、お芙美
さん！

〈昭和5年版〉
144頁　函館《はこだて》の青柳《あをやぎ》町こそ悲《かな》しけれ
友《とも》の戀歌《こひうた》
矢車《やぐるま》の花《はな》。
147頁　聞《き》きとれてゐるのだつた。
151頁　そんな奴《やつ》の子供《こども》なんか生《う》ん
ぢや大變《たいへん》だと思《おも》つて辛子《からし》を茶《ちゃ》
碗《わん》一杯《ぱい》といて呑《の》んだわよ

風呂敷にしまひながら、
「姉さん！　支那そば並のを
二丁くんな。」
鏡にすかして、雨が針のやう
にふつてゐる。私は九州の長
崎の思ひ出に、唐津物を賣つ
てゐた頃、よく父が巡査にな
ぐられたのを思ひ出した。
71頁　バカヤロ、バカヤロ、お芙美
さん！

〈昭和14年版〉
112頁　函館の青柳町こそ悲しけれ
友の戀歌
矢車の花。
116頁　聞きとれてゐるのだつた。
118頁　そんな奴の子供なんか産んぢ
やあ大變だと思つて××を茶
碗一杯といて呑んだわよ

『林芙美子 放浪記 復元版』テキスト校訂一覧

濁り酒			
	77頁 一晩中氣分が重つくるしくつて、私はうで卵を七ッ八ッパッチンパッチンテーブルへぶつゝけて破《わ》つた。	163頁 〈昭和5年版〉 一晩《ばん》中《ぢう》氣分《きぶん》が重《おも》つくるしくつて、私はうで卵《たまご》を七ッ八ッパッチンパッチンテーブルへぶつゝけてわつた。	128頁 〈昭和14年版〉 一晩中氣分が重つくるしくつて、私はうで卵を七ッ八ッ卓子へぶつつけて破つた。
一人旅			
	84頁 鳥《カラス》になりたい。	178頁 〈昭和5年版〉 鳥《とり》になりたい。	141頁 〈昭和12年版〉 鳥《カラス》になりたい。
	85頁 故里《ふるさと》へ背《そむ》いて	181頁 〈昭和5年版〉 故里《ふるさと》へ脊《そむ》いて	143頁 〈昭和22年版〉 故里へ背いて
	86頁 しつかりした故郷《こきやう》をもたない私達親子三人が、最初に土についたのが徳島《とくしま》だつた。	184頁 しつかりした故郷《こきやう》をもたない私達親子《わたしたちおやこ》三人《にん》が、最近《さいきん》に土《つち》についたのが徳島《とくしま》だつた。	126頁 しつかりした故郷と云ふものをもたない私達親子三人が、最近に落ちついたのがこの徳島だつた。
古創			
	89頁 一月×日 海《うみ》は眞白《まつしろ》でした 東京へ旅立つその日 青《あを》い蜜柑《みかん》の初《はつ》なりを籠《かご》いつぱい入れて／四國の濱邊《はまべ》から天神丸《てんじんまる》に乗《の》りました。	190頁 〈昭和5年版〉 一月×日 海は眞白でした 東京へ旅立つその日 青い蜜柑の初なりを籠いつぱい入れて／四國の濱邊から天神丸に乗りました。	136頁 〈文章倶楽部大正15年5月〉 十月の海 十月の海は眞白でした 東京へ旅立つその日 青い蜜柑の初なりを籠いつぱい入れて／ニユ川から天神丸に乗りました。

（中略）
一月の白い海と
初なりの蜜柑《みかん》の匂《にほ》ひは
その日の私を
賣《う》られて行く女のやうにさ
ぶしくしました。

90頁　なつかしい尾道《をのみち》の海はこん
なに波は荒くなかつた。

92頁　東京のお君ちやんからのハ
ガキ

94頁　夜々《よなよな》の私の心

95頁　沈黙《だま》つて冷たい手を握りあ
つた

女の吸殻

98頁　涙《なみだ》をふりちぎつて戸外《そと》に出た

98頁　時ちやんのお母さん來《く》る。五
圓貸《か》す。

（中略）
一月の白い海と
初なりの蜜柑の匂ひは
その日の私を賣られて行く
女のやうにさぶしくしまし
た。

194頁　なつかしい尾道《をのみち》の海《うみ》はこん
なに波《なみ》は荒《あら》くなつた。

196頁　東京のお谷《たに》ちやんからのハ
ガキ

202頁　夜々《よるよる》の私《わたし》の心《こころ》

204頁　沈黙《だま》つて冷く手《て》を握《にぎ》りあつた

〈昭和5年版〉

209頁　涙《なみだ》をふりちぎつて外《そと》に出《で》た

211頁　時《とき》ちやんのお母《かあ》さん來《きた》る。五
圓借《ゑんか》す。

（中略）
十月の白い海と
青い蜜柑の匂ひは
其日の私を賣られて行く人
形のやうに淋しくしました。

〈昭和12年版〉

153頁　なつかしい尾道の海はこん
なに波は荒くなかつた。

155頁　東京のお君ちやんからのハ
ガキ

159頁　夜々の私の心

161頁　沈黙つて冷い手を握りあつた

〈昭和14年版〉

160頁　私はそのまゝ戸外に出てし
まつた

161頁　時ちやんのお母さんが裏口
へ來てゐる。時ちやんに五圓
借すなり。

『林芙美子 放浪記 復元版』テキスト校訂一覧

秋の脣	〈昭和5年版〉	〈昭和26年版〉
105頁 十月×日	225頁 十月八日	84頁 十月八日
106頁 新宿の待合《まちあひ》で	227頁 新宿《しんじゆく》の待合室《まちあひしつ》で	〈昭和12年版〉
106頁 今日《けふ》は月《つき》の病氣《びやうき》	227頁 今日《けふ》はあの病氣《びやうき》	179頁 今日は月の病氣
下谷の家	〈昭和5年版〉	〈昭和12年版〉
114頁 頰つぺたを突つきながら	247頁 頰《ほほ》つぺたを突《つ》きながら	196頁 頰つぺたを突つきながら
續放浪記		
戀日	〈昭和5年版〉	〈昭和21年版〉
124頁 暗く寒い港町に灯《ひ》が飛ぶ	7頁 暗《くら》い寒《さむ》い港町《みなとまち》に灯《ひ》が飛《と》ぶ	7頁 暗い寒い港町に灯が飛ぶ
	〈昭和5年版〉	〈昭和12年版〉
125頁 船大工も、工賃《しごと》が安くて人が多いし、寒い濱《はま》へ出るのは引きあはない話ださうな。	7頁 船大工《ふなだいく》も、工賃《しごと》が安《やす》くて人《ひと》が多《おお》いし、寒《さむ》い沖《おき》へ出るのは引《ひ》きあはない話《はなし》ださうな。	210頁 船大工もこのごろ工賃が安くて人が多いし、寒い濱へ出るのは引きあはない話ださうな。
129頁 海の上には、別れた男《ひと》の大きな幻《まぼろし》が虹のやうに浮《うか》んでゐた。	17頁 海《うみ》の上《うへ》には、別《わか》れた男《をとこ》の大《おほ》きな幻《まぼろし》が虹《にじ》のやうに浮《うか》んでゐた。	218頁 海の上には、別れたひとの大きな幻が虹のやうに浮んでゐた。

茅場町

131頁　帆《ほ》のやうに扇風器《せんぷうき》の風で
134頁　二イカイ　三ヤリ！
136頁　ハッピの裏いつぱいに描いた眞赤な危繪《あぶなゑ》
136頁　もしもし萩《はぎ》の家《や》ですか／姐《あね》さんにさう云つて下さい

三白草の花

138頁　さあ、郊外《かうぐわい》は自警團《じけいだん》が大變《たいへん》ださうですね
141頁　父は、昨夜朝鮮人《てうせんじん》と間違へられながらやつと來た

〈昭和5年版〉
20頁　帆《ほ》のやうに煽風器《せんぷうき》の風《かぜ》で
27頁　ニイカイ　三ヤリ！
32頁　ハッピの裏《うら》いつぱいに描《ゑが》いた眞赤《まつか》な××
〈昭和5年版〉
32頁　もしもし××の家《や》ですか／××さんにさう云《い》つて下《くだ》さい
〈昭和5年版〉
36頁　さあ、郊外《かうぐわい》は×××が大變《たいへん》ださうですね
〈昭和14年版〉
227頁　さあ、郊外は□□□が大變ださうですね
〈昭和5年版〉
42頁　父《ちち》は、昨夜《さくや》×××と間違《まちが》へられながらやつと來《き》た
〈昭和14年版〉
233頁　父は、昨夜□□□と間違へられながらやつと本郷まで來た

〈昭和14年版〉
213頁　帆のやうに扇風器の風で
219頁　ニイカイ　サンヤリ！
222頁　ハッピの裏いつぱいに描いた眞赤な□□
〈昭和21年版〉
32頁　もしもし萩の家《や》ですか／姐さんにさう云つてください
〈昭和21年版〉
36頁　さあ、郊外は暴徒が大變ださうですね
〈昭和22年版〉
202頁　さあ、郊外は朝鮮人が大變ださうですね
〈昭和21年版〉
42頁　父は、昨夜暴徒と間違へられながらやつと來た
〈昭和22年版〉
207頁　父は、昨夜朝鮮人と間違へられながらやつと本郷まで來た

女アパッシュ

149頁 結局産婆《さんば》にでもなつてしまはうと思つて、たづねて來た千駄木《せんだぎ》町の長生産園《さんゑん》。

151頁 子供をおろすのだと言つて

151頁 情事《じやうじ》の寫眞《しやしん》を、まるで散しのやうに枕元に散亂《さんらん》させてゐた女

八つ山ホテル

155頁 月經閉止近くの四十女

155頁 來る何日、萬世橋驛《まんせいばしえき》にお出向きを乞《こ》ふ

156頁 べニのパパは、ずるさうに笑ひながら

160頁 三人《さんにん》の刑事が小さな風呂敷包みをこしらへてゐた。

〈昭和5年版〉

60頁 結局《けつきよく》産婆《さんば》にでもなつてしまはうと思つて、たづねて來た千駄木《せんだぎ》町の××産園《さんゑん》。

63頁 子供《こども》×××××だと言《い》つて

65頁 ××の寫眞《しやしん》を、まるで散《ちら》しのやうに枕元《まくらもと》に散亂《さんらん》させてゐた女《をんな》

〈昭和5年版〉

71頁 ××閉止近《へいしぢか》くの四十女《をんな》

72頁 來る×日、萬世橋驛《まんせいばしえき》にお出向《でむ》きを乞《こ》ふ

〈昭和5年版〉

73頁 べニのパパは、づるさうにニヤニヤ笑《わら》ひながら

82頁 二人《ふたり》の刑事《けいじ》が小《ち》さな風呂敷《ふろしき》包《づつ》みをこしらへてゐた、

〈昭和21年版〉

60頁 結局産婆にでもなつてしまはうと思つて、たづねて來た千駄木町の長生産園。

63頁 子供をおろすのだと言つて

65頁 怪寫眞を、まるで散しのやうに枕元に散亂させてゐた女

〈昭和21年版〉

71頁 月經閉止近くの四十女

72頁 來る何日、萬世橋驛にお出向きを乞ふ

〈昭和14年版〉

256頁 べニのパパは、ずるさうに笑ひながら

264頁 一人の刑事が小さな風呂敷包みをこしらへてゐた。

海の祭

162頁　彼女に紹介状《せうかいじやう》もらつて、新興女性新聞社に行く。

旅の古里

171頁　六月の海は、銀の粉を吹いて

171頁　警官と職工のこぜりあひ

171頁　こゝから見てると、あんな門位、船に使ふダイナマイトを投げりや、すぐ崩れちやふのに。

88頁　〈昭和5年版〉
彼《かれ》に紹介状《せうかいじやう》もらつて、××女《ぢよ》性新聞社《せいしんぶんしや》に行く。

106頁　〈昭和5年版〉
六月の海《うみ》は、銀《ぎん》の粉《こな》を吹《ふ》いて

106頁　〈昭和5年版〉
××と職工《しよくこう》のこぜりあい

107頁　〈昭和5年版〉
こゝから見《み》てると、あんな門位、船に使ふ××××××を投げりや、すぐ崩《くづ》れちやふのに。

107頁　〈昭和21年版〉
こゝから見てると、あんな門位、船に使ふダイナマイトを投げりや、すぐ崩れちやふのに。

238頁　〈昭和22年版〉
彼女に紹介状をもらつて、新興女性新聞社に行く。

208頁　〈昭和54年版〉
彼女に紹介状をもらって、××女性新聞社に行く。

218頁　〈昭和54年版〉
八月の海は銀の粉を吹いて

106頁　〈昭和21年版〉
警官と職工のこぜりあひ

281頁　〈昭和14年版〉
こゝから見てゐると、あんな門位はすぐ崩れてしまふやうにもろく見えてゐるのに……。

251頁　〈昭和22年版〉
こゝから見てゐると、あんな門位はすぐ崩れてしまふやうにもろく見えてゐるのに……。

173頁 それッ！旗を振れッ！革命歌を唄へッ！	81頁 〈蒼馬を見たり〉それッ！旗を振れッ！○○歌を唄へッ！	285頁 〈昭和14年版〉それ旗を振れッ勇ましく歌を唄へッ！
175頁 顔役が仲へ入つて三割がた職工の方が折《を》れさせられて	116頁 〈昭和5年版〉○○が仲へ入つて三割がた職工の方《ほう》が折《を》れさせられて	289頁 〈昭和14年版〉~~○○が仲へ入つて三割がた~~職工の方が折れさせられて
港町での旅愁		
178頁 養母《やうぼ》の男だつた、今の御亭主にだまされて拾年《じふねん》も、お君さんは其《そ》の男の爲に働いたのだと云ふ。	122頁 〈昭和5年版〉養母《やうぼ》の××××、今《いま》の御亭主《ごていしゅ》に××××て拾年《ねん》も、お君《きみ》さんは其男《そのをとこ》の爲《ため》に働《はたら》いたのだと云《い》ふ。	293頁 〈昭和14年版〉養母の□□□□、今の御亭主に□□□□て拾年も、お君さんは其の男の爲に働いたのだと云ふ。
182頁 硝子《がらす》窓の向うには、春《はる》の夜霧《よぎり》	129頁 〈昭和5年版〉硝子窓《がらすまど》の夜《よ》の窓《まど》には、春《はる》の夜《よ》霧《ぎり》	300頁 〈昭和14年版〉硝子窓の向うには春の夜霧
夜の曲		
186頁 青い窓の外は雨のキリコダマさあ街も人間も豚《ぶた》の王様《わうさま》もランタンの灯《ひ》の下でみんな酒になつてしまつた	6頁 〈蒼馬を見たり〉青い窓の外は雨のキリコダマさあ街も人間も××××もランタンの灯の下でみんな酒になつてしまつた。	306頁 〈昭和14年版〉青い窓の外は雨の切子硝子~~さあ街も人間も××××も~~ランタンの灯の下でみんな酒になつてしまつた

186頁　私の體《からだ》から、何でも持つて行つて下さい。生膽《いきぎも》であらうと、豚王様《とんわうさま》の蔭《かげ》の御殿《ごてん》でも……。

赤い放浪記

193頁　ひとわたり四圍《あたり》をみまはして

195頁　海邊《うみべ》の人が、何て厭な名前をつけるんでせう、輕俗《けいぞく》だなんて……

196頁　凭《よ》りどころなきうすなさけさても味氣《あじき》ないお芙美《ふみ》さん

197頁　子供なんか出來ると困るのよ。よつぽどガンヂョウと見えて藥を飲んだけど駄目なのよ

140頁　〈昭和5年版〉
私《わたし》の體《からだ》から、何《なん》でも持《も》つて行《い》つて下《くだ》さい。生膽《いきぎも》であらうと、×××の蔭《かげ》の御殿《ごてん》でも……。

154頁　〈昭和5年版〉
ひとわたり四圍《あたり》をみまはして

158頁　〈昭和5年版〉
海邊《うみべ》の人《ひと》が、何《なん》て厭《いや》な名前《なまへ》をつけるんでせう、繼續《けいぞく》だなんて……

160頁　〈昭和5年版〉
凭《よ》りどころなきうすなさけ□ても味氣《あじき》ないお芙美《ふみ》さん

162頁　〈昭和5年版〉
子供《こども》なんか出來《でき》ると困《こま》るのよ。よつぽどガンヂョウと見《み》えて××××だけど駄目《だめ》なのよ

307頁　〈昭和14年版〉
私の體から、何でも持つて行つて下さい。~~生膽であらう~~~~と、×××の蔭の御殿でも~~~~……~~。

248頁　〈昭和54年版〉
ひとわたり周囲をみまわして

322頁　〈昭和14年版〉
海邊の人が、何て厭な名前をつけるんでせう、繼續だんごだなんて

290頁　〈昭和22年版〉
凭りどころなきうすなさけ、□ても味氣《あじき》ないお芙美《ふみ》さん

162頁　〈昭和21年版〉
子供なんか出來ると困るのよ。よつぽどガンヂョウと見えて藥を飲んだけど駄目なのよ

酒屋の二階

201頁　その青年はキラリと眼鏡を光らせて私を見た。「僕《ぼく》、山《やま》本虎三《もととらぞう》です。」

203頁　今日《けふ》から街《まち》は諒闇《りやうあん》である。／銀座《ぎんざ》裏の奴壽司《やつこずし》で腹が出來る

170頁　〈昭和5年版〉その青年《せいねん》はキラリと眼鏡《めがね》を光《ひか》らせて私《わたし》を見《み》た。「僕《ぼく》、山《やま》本《もと》です。」

331頁　〈昭和14年版〉その青年はキラリと眼鏡を光らせて私を見た。「僕、××です。」

（以下、昭和14年版では、山本の苗字11ヶ所全てが伏せ字）

160頁　〈昭和26年版〉その青年はキラリと眼鏡を光らせて私を見た。「僕、××です。」

（以下、昭和26年版では、山本の苗字11ヶ所のうち7ヶ所が伏せ字）

175頁　〈昭和5年版〉今日《けふ》から街《まち》は諒闇《りやうあん》である。／銀座裏《ぎんざうら》の奴壽司《やつこずし》で腹《はら》が出來《でき》

71頁　〈女人藝術昭和4年8月〉その青年はキラリと眼鏡を光らせて私を見た。「僕山本虎造です。」

170頁　〈昭和21年版〉その青年はキラリと眼鏡を光らせて私を見た。「僕、山本です。」

297頁　〈昭和22年版〉その青年はキラリと眼鏡を光らせて私を見た。「僕、山本です。」

335頁　〈昭和14年版〉今日から街は□□である。／銀座裏の奴壽司で腹が出來

と、黒白《こくびゃく》の幕《まく》を張《は》つた街竝《まちなみ》を
足をそろへて二人《ふたり》は歩《ある》いた。
今日《けふ》は二人《ふたり》のおまつりだ。

205頁 飯田さんと、山本《やまもと》さん二人で
はいつて來る。たゞならない
空氣だ。
「馬鹿野郎ッ！」

寝床のない女

210頁 夜更《よふ》け。馬に追はれた夢を見
る。
隣室《となり》の悶聲《もだへごゑ》頭痛し。

るると、黒白《こくびゃく》の幕《まく》を張《は》つた街竝《まちなみ》
を足《あし》をそろへて歩《ある》いた。
今日《けふ》は二人《り》のおまつりだ。

180頁 〈昭和5年版〉
飯田《いひだ》さんと、山本《やまもと》さん二人《ふたり》で
はいつて來《く》る。たゞならない
空氣《くうき》だ。
「××××！」

191頁 〈昭和5年版〉
夜更《よふ》け。馬《うま》に追《お》はれた夢《ゆめ》を見《み》
る。
隣室《りんしつ》の××頭痛《あたまいた》し。

るると、□□の幕を張つた街竝
を足をそろへて歩いた。
~~今日は二人のおまつりだ。~~

171頁 〈昭和16年版〉
~~今日から街は□□である。~~／
銀座裏の奴壽司で腹が出來
ると、~~□□の幕を張つた~~街竝
を足をそろへて二人は歩い
てゐた。
~~今日は二人のおまつりだ。~~

180頁 〈昭和21年版〉
飯田さんと、山本さん二人で
はいつて來る。たゞならない
空氣だ。
「馬鹿野郎ッ！」

191頁 〈昭和21年版〉
夜更け。馬に追はれた夢を見
る。
隣室の寝息頭痛し。

211頁 カフェーの客つて、みんなジユウね、禿頭と鼻ばかり赤くして	191頁 〈昭和5年版〉カフェーの客《きやく》つて、みんなジユウね、××と鼻《はな》ばかり赤《あか》くして	191頁 〈昭和21年版〉カフェーの客つて、みんなジユウね、~~××と~~鼻ばかり赤くして
213頁 ね、先生！ 私こんどの女性の小説《せうせつ》の題なんてつけませう	196頁 〈昭和5年版〉ね、先生《せんせい》！ 私《わたし》こんどの××の小説《せうせつ》の題《だい》なんてつけませう	315頁 〈昭和22年版〉ね、先生！ 私こんどの女性の小説の題をなんてつけませう
自殺前		
216頁 古い新聞を十度《とたび》も二十度《はたたび》も讀みかへし	201頁 〈昭和5年版〉古《ふる》い新聞《しんぶん》を十度《とたび》も二十度《たび》も讀《よ》みかへし	426頁 〈昭和8年版〉古《ふる》い新聞《しんぶん》を十度《とたび》も二十度《たび》も讀《よ》みかへし
216頁 頂点《てつぺん》まで飢ゑて來ると鐵板《てつぱん》のやうに體がバンバン鳴つて、すばらしい手紙が書きたくなる。だが、私は食ひたいんです。	202頁 頂点《てつぺん》まで飢《う》ゑて來《く》ると鐵板《てついた》のやうに體《からだ》がバンバン鳴《な》つて、すばらしい手紙《てがみ》が書《か》きたくなる。だが、私《わたし》は食《く》ひたいんです。	427頁 頂点《てつぺん》まで飢《う》ゑて來《く》ると鐵板《てつぱん》のやうに體《からだ》がバンバン鳴つて、すばらしい手紙《てがみ》が書《か》きたくなる。だが、私《わたし》は食ひたいんです。
217頁 赤いメリンス、白い腰つぎのある情事《じやうじ》の幻想《げんさう》は、エクスターシイは、蒼《あお》ざめた太腿《ふともも》に血	204頁 〈昭和5年版〉赤《あか》いメリンス、白《しろ》い腰《こし》つぎのある××の幻想《げんさう》は、エクスターシイは、蒼《あお》ざめた××に血《ち》	356頁 〈昭和14年版〉~~赤いメリンス、白い腰つぎのある××の幻想は、エクスターシイは、~~蒼ざめて~~××は~~血

の上つて來るコドクの女、私
の乳房《ちぶさ》を抱いた兩手の中に
は、着物や帶や半衿のあらゆ
る汚れから來る體臭《たいしう》のモン
ターヂュ、匂《にほ》ひの編輯者《へんしふしや》か！

218頁　いとしやおいたはしや、私の
動脈は何も油をさしてやら
ないのに、ドクドク澄んで流
れを登つてゐる。尊しや。

放浪記以後の認識

223頁　跋にかへて

223頁　美しかつた母《はは》は體《からだ》にもかま
はなくなり、古里《ふるさと》の話はオク
ビにも出さなくなつた。
……（この間14行省略）……
大《おほ》きくなつたら
あの水《みづ》がみんな呑《の》みたい

の上つて來るコドクの女、私
の××を抱いた兩手《りやうて》の中《なか》に
は、着物《きもの》や帶《おび》や半衿《はんえり》のあらゆ
る汚《けが》れから來《く》る體臭《たいしう》のモン
ターヂュ、匂《にほ》ひの編輯者《へんしふしや》か！

〈昭和5年版〉
207頁　いとしや私の動脈《どうみやく》は何《なに》も油《あぶら》
をさしてやらないのに、ドク
ドク澄《す》んで流《なが》れを登《のぼ》つてゐ
る。

〈昭和5年版〉
216頁　序にかへて

〈昭和5年版〉
218頁　美しかつた母《はは》は體《からだ》にもかま
はなくなり、古里《ふるさと》の話はオク
ビにも出《だ》さなくなつた。
……（この間14行省略）……
大きくなつたら
あの水《みづ》がみんな呑《の》みたい

の上つて來る孤獨の女、むね
を抱いた兩手の中には、着物
や帶や半衿のあらゆる汚れ
から來る體臭のモンタージ
ュなり。

〈昭和12年版〉
368頁　いとしやおいたはしや、私の
動脈は何も油をさしてやら
ないのに、ドクドク澄んで流
れを登つてゐる。尊しや。

〈昭和12年版〉
375頁　放浪記に就て

〈昭和8年版〉
441頁　~~美しかつた母は體にもかま~~
~~はなくなり、古里の話はオク~~
~~ビにも出さなくなつた。~~
~~……（この間14行省略）……~~
~~大きくなつたら~~
~~あの水がみんな呑みたい~~

こんな風《ふう》なキオクを持つてゐる。	こんな風《ふう》なキオクを持《も》つてゐる。	~~こんな風なキオクを持つてゐる。~~
224頁 門司《もじ》へ着くまで、その柊の枝はとても生々《いきいき》してゐた。	〈昭和5年版〉 219頁 門司《もじ》へ着《つ》くまで、その柊《ひいらぎ》の枝《えだ》はキンキンしてゐた。	〈昭和12年版〉 377頁 門司へ着くまで、その柊の枝はとても生々してゐた。
225頁 だが、私は今でも、あの姉の手紙を憎《にく》んでゐる。どんなにか憎《にく》まずにはゐられなかつた。本當《ほんたう》に憎《にく》んでゐるのだ。	〈昭和5年版〉 222頁 だが、私は今《いま》でも、あの姉《あね》の手紙《てがみ》を憎《にく》んでゐる。どんなにか憎《にく》まずにはゐられなかつた。	〈昭和14年版〉 370頁 だが私は今でもあの姉の手紙を憎んでゐる。どんなにか憎まずにはゐられないのだ。本當に憎んでゐるのだ。
228頁 沈默《だま》つて遠《とほ》い憎《にく》しみを持つた姉	〈昭和5年版〉 228頁 沈默《だま》つて遠《とほ》い憎《にく》しみを持《も》つた姉《あね》	〈昭和8年版〉 449頁 ~~沈默つて遠い憎しみを持つた~~姉
第三部 **まえがき**		
232頁 昭和五年に、改造社から新鋭叢書とし、私の放浪記・續放浪記が處女出版として出た。	〈留女書店版〉 2頁 昭和五年に處女出版した私の放浪記、續放浪記	〈昭和25年版〉〈昭和26年版〉（まえがきは全部抹消）

肺が歌ふ

236頁　こんなきゆうくつな政治なんてまつぴらごめんだ。

237頁　ハイネもホイットマンも私のこゝろから千里も遠《とほ》いひとだ。

242頁　人力俥《くるま》が行く。

243頁　鼻もひつかけやしない。

十字星

246頁　貴族とは蚊のやうな紋。

250頁　夜店の出せない雨。

252頁　よろよろと荷を擔《かつ》いで

252頁　どこかのおきさまだつて私生子を生む事もある。

第七初音館

257頁　蝙蝠傘《かうもりがさ》

〈留女書店版〉

10頁　こんなきゆうくつな政治なんてまつぴらごめんだ。

13頁　ハイネもホイットマンも私のこゝろから千里も遠いひとだ。

27頁　人力俥が行く。

28頁　鼻もひつかけやしない。

〈留女書店版〉

34頁　貴族とは紋のやうな紋。

〈昭和24年版〉

40頁　夜店の出せない雨。

〈留女書店版〉

48頁　よろよろと荷を擔いで

49頁　どこかのおきさまだつて私生子を生む事もある。

〈留女書店版〉

59頁　蝙蝠傘

〈昭和26年版〉

190頁　こんなきゆうくつな政治なんてはまつぴらごめんだ。

191頁　ハイネもホイットマンも私のこゝろから千萬里も遠いひとだ。

196頁　人力車が行く。

196頁　洟もひつかけやしない。

〈昭和26年版〉

199頁　貴族とは紋のやうな紋。

〈昭和26年版〉

202頁　夜店の出ない雨。

〈昭和26年版〉

204頁　よろよろと荷をかついで

205頁　どこかのおきさまだつて私生児を生む事もある。

〈昭和24年版〉

52頁　蝙蝠傘

『林芙美子 放浪記 復元版』テキスト校訂一覧

泣く女

268頁　肌の色は野生の果物《くだもの》の匂《にほ》ひ

冬の朝顔

273頁　駒形のどぜう屋の近く、ホーリネス教會《けうくわい》

277頁　激しい勢《いきほひ》でいゝばりをたれる

278頁　牛乳をなみなみとついで貰ふ

酒眼鏡

280頁　自分で行つてくれゝばいゝ

285頁　五錢《ごせん》で豆腐を買ひ、三錢《さんせん》でめざしを買ひ、二錢《にせん》でたくあんを買つて

パレルモの雪

289頁　侮辱《ぶじよく》の拷問《がうもん》も……

289頁　荒《す》さんで眼のたまをぐりぐりぐりぐりと鳴らしてみたい凄《すさ》んだ氣持ちだ

〈留女書店版〉

87頁　肌の色は野性の果物の匂ひ

〈留女書店版〉

95頁　駒形のどじよう屋の近く、ホウリネス教會

105頁　激しい勢でいゝばりをたれる

109頁　牛乳をなみなみとついで貰ふ

〈留女書店版〉

113頁　自分で行つてくれゝばいゝ

122頁　五錢で豆腐を買ひ、三錢でめざしを買ひ、三錢でたくあんを買つて

〈留女書店版〉

131頁　侮辱の拷問も……

〈留女書店版〉

132頁　荒さんで眼のたまをぐりぐりぐりぐりと鳴らしてみたい凄んだ氣持ちだ

〈昭和26年版〉

219頁　肌の色は野性の果物の匂ひ

〈昭和26年版〉

222頁　駒形のどぢやう屋の近く、ホウリネス教會

226頁　激しい勢でいゝばりをたれ

227頁　牛乳を波々とついで貰ふ

〈昭和26年版〉

229頁　自分で行つてくればいゝ

233頁　五錢で豆腐を買ひ、三錢でめざしを買ひ、三錢でたくあんを買つて

〈昭和26年版〉

236頁　侮辱拷問も……

〈昭和54年版〉

380頁　荒《す》さんで眼のたまをぐりぐりぐりぐりと鳴らしてみたい凄《すご》んだ氣持ちだ

291頁 朝の旭町《あさひまち》はまるでどろんこ
のびちやびちや街だ。

土中の硝子

303頁 伏せていこふは／屍《かばね》の炬燵《こたつ》
303頁 駒形橋《こまがたばし》のそばのホーリネス
教會
303頁 どぜう屋にはいつて

神樣と糠

313頁 胸《むね》の中《なか》では呼吸《いき》のとまりさ
うな窒息感におそはれる。
314頁 藍染町《あゐそめちやう》の方へ出るところ

西片町

318頁 蟬《せみ》がジャンジャンと啼《な》きた
ててゐる。
319頁 近いうち新潟へ歸鄕《ききやう》の由《よし》

〈留女書店版〉
136頁 朝の旭町はまるでどろんこ
のびちやびちや街だ。

〈留女書店版〉
161頁 伏せていこふはは／屍の炬燵
162頁 駒形橋のそばのフオリネス
教會
162頁 どぜう屋にはいつて

〈留女書店版〉
184頁 胸の中では呼吸のとまりさ
うな窒息感におそはれる。
184頁 逢初町の方へ出るところ

〈留女書店版〉
195頁 蟬がジャンジャンと啼きた
てゝゐる。
197頁 近いうち新潟へ歸鄕の由

〈昭和26年版〉
238頁 朝の旭町はまるでどろんこ
のびちやびちやな街だ。

〈昭和26年版〉
248頁 伏せていこふはは／屍の炬燵
249頁 駒形橋のそばのホリネス教會
249頁 どぢやう屋にはいつて

〈昭和26年版〉
257頁 胸の中では呼吸のとまりさ
うな窒息感におそはれる。
258頁 逢初町の方へ出るところ

〈昭和26年版〉
261頁 蟬がジンヤジンヤと啼きた
ててゐる。
262頁 近いうち新潟へ歸京の由

ガラテヤ

327頁　なんぢらこの一事を忘るな。
主の御前《みまへ》には一日は千年のご
とく、千年は一日のごとし。
330頁　人よりに非《あら》ず、人に由《よ》るにも
非《あら》ず、イエス・キリスト及び
これを死人の中《うち》より甦《よみが》へらせ

第四部（未完）

新伊勢物語

340頁　炊いとるんぢやが
343頁　口はゞたき謂《いひ》なり。

二銭銅貨

345頁　兩の腿で五貫目《ごかんめ》
345頁　母と二人で嚙《かじ》る。
346頁　ざんざ降りのなかを金魚の
やうにゆられて川添《かはぞへ》に戻る。

〈留女書店版〉
215頁　なんぢらこの一事を忘るな。
主の御前には一日は千年のご
とく、千日は一日のごとし。
220頁　人よりに非ず、人に由るに非
ず、イエス・キリスト及びこ
れを死人の中より甦へらせ

〈日本小説昭和23年10月〉
6頁　焚いとるんぢやが
8頁　口はゞたきいひなり。

〈昭和24年版〉
200頁　兩の腿で五貫匁
200頁　母と二人で嚙る。
201頁　ざんざ降りのなかを金魚のや
うにゆられて川添ひに戻る。

〈昭和26年版〉
269頁　なんぢらこの一事を忘るな。
主の御前には一日は千年のご
とく、千日は一日のごとし。
271頁　人よりに非ず、人に由るに非
ず、イエス・キリスト及びこ
れを死人の中より甦へらせ

〈昭和26年版〉
276頁　焚いとるんぢやが
279頁　口はゞたきいひなり。

〈昭和26年版〉
281頁　兩の腿で五貫匁
281頁　母と二人で嚙る。
281頁　ざんざ降りのなかを金魚のや
うにゆられて川添ひに戻る。

放浪記の比較校合に用いた初出・初版・改版本

『女人藝術』昭和3年10月号〜昭和5年10月号。『改造』昭和4年10月号。

『蒼馬を見たり』南宋書院、昭和4年6月。

『放浪記』改造社、昭和5年7月。『續放浪記』改造社、昭和5年11月。

『放浪記・續放浪記』改造文庫、昭和8年5月。

『林芙美子選集第五巻・放浪記』改造社、昭和12年6月。

『決定版　放浪記』新潮社、昭和14年11月。

『新日本文学全集第十一巻・林芙美子集』改造社、昭和16年2月。

『放浪記』（復刊版）改造社、昭和21年10月。『續放浪記』（復刊版）改造社、昭和21年12月。

『林芙美子選集』萬里閣、昭和22年4月。

『放浪記』新潮文庫、昭和22年9月。45円。

『林芙美子文庫・放浪記Ⅰ』「第一部・第二部」新潮社、昭和24年2月。

『日本小説』昭和22年5月号〜昭和23年10月号。

『放浪記　第三部』留女書店、昭和24年1月。

『林芙美子文庫・放浪記Ⅱ』「第三部」新潮社、昭和24年12月。

『放浪記　全』中央公論社、昭和25年6月。

『林芙美子全集第二巻・放浪記』新潮社、昭和26年12月。
※『林芙美子 放浪記 復元版』「解説」359頁において、新潮文庫本（昭和22年9月）の価格を80円とした。これは二刷りの価格で、初刷の価格は45円が正しい。ここに訂正する。

校訂復元作業で用いた主な参考図書

小柳司氣太著『新修漢和大字典』博文館。
金澤庄三郎編『廣辭林』三省堂。
文語訳『舊新約聖書』日本聖書協会。
石川啄木著『一握の砂』東雲堂書店、一九一〇年。
石川啄木著『悲しき玩具』東雲堂書店、一九一二年。
村山槐多著『槐多の歌へる』アルス、一九二〇年。
馬場哲哉訳・ルナチヤルスキイ著『實證美學の基礎』人文會出版、一九二六年。
井手俊郎・田中澄江脚本「放浪記」(『シナリオ』一九六二年八月号)。
竹田晃・黒田真美子編著『中国古典小説選5』明治書院、二〇〇六年。
近藤典彦編『復元 啄木新歌集』桜出版、二〇一二年。

本書で用いた主な参考図書

石川三四郎著『放浪八年記』三徳社、一九二三年。
石川三四郎著『一自由人の放浪記』平凡社、一九二九年。
川端康成著『淺草紅團』先進社、一九三〇年。
堀切利高著『夢を食う／素描荒畑寒村』不二出版、一九九三年。
大和田茂著『社会運動と文芸雑誌』菁柿堂、二〇一二年。
野村吉哉編輯・発行『童話時代』一九三三年九月〜四〇年十月。
平松勇編輯・発行『親友』一九三九年七月号。

『童話時代／主宰野村吉哉三周忌追悼輯』一九四二年十一月。

『新興文學全集 第十巻 日本篇X 詩歌集』平凡社、一九二九年。

岩田宏編『魂の配達／野村吉哉作品集』草思社、一九八三年。

『鳥取県大百科事典』新日本海新聞社、一九八四年。

青木正美著『ある「詩人古本屋」伝／風雲児ドン・ザッキーを探せ』筑摩書房、二〇一一年。

魯迅校錄『唐宋傳奇集』人民文学出版社（北京）、一九五二年。

芹沢光治良著『人間の運命』第二部第二巻「嵐の前」新潮社、一九六五年。

田辺若男著『俳優／舞台生活五十年』春秋社、一九六〇年。

橋爪健著『多喜二虐殺』新潮社、一九六二年。

平林たい子著『林芙美子』新潮社、一九六九年。

山本敏雄（山本虎三）著『虚無の足あと』残燈舎、一九七五年。

内山基著「新女苑挽歌（2）（3）」『MODE et MODE』NO.176 NO.178（一九七七年九月、十一月）。

遠藤寛子著『『少女の友』とその時代—編集者の勇気 内山基—』本の泉社、二〇〇四年。

浦野利喜子著・久保卓哉補「林芙美子全集に未収録の作品について」

（『福山大学人間文化学部紀要第12巻』二〇一二年三月）所収。

嚴基權著「京城だより②『芥川龍之介全集』未収録資料紹介—宮崎光男との親交をめぐって—」

（『九大日文17』九州大学日本語文学会、二〇一一年三月）所収。

久保卓哉著「史料紹介／内山完造宛林芙美子書簡見つかる」（『野草』第91号、二〇一三年二月）所収。

寺島珠雄著『南天堂／松岡虎王麿の大正・昭和』皓星社、一九九九年。

松尾邦之助著・大澤正道編『無頼記者、戦後日本を撃つ』社会評論社、二〇〇六年。

高山京子著『林芙美子とその時代』論創社、二〇一〇年。

『日本アナキズム運動人名事典』ぱる出版、二〇〇四年。

『ホーリネス・バンドの軌跡』ホーリネス・バンド昭和キリスト教弾圧史刊行会、一九八三年。

大谷渡著『北村兼子／炎のジャーナリスト』東方出版、一九九九年。

『大正・昭和初期日本女性史と台湾―北村兼子と『婦人毎日新聞』『台湾時報』―』科学研究費補助金（基盤研究C研究成果報告書）二〇〇六年、研究代表者大谷渡。

楊智景著「女性作家の植民地台湾への行進」（お茶の水女子大学『F-GENS ジャーナル No.6 二〇〇六年九月』）所収。

本書で用いた主な雑誌・新聞

『女人藝術』／『改造』／『少年』／『少女』／『太平洋詩人』／『少女の友』／『新女苑』

『婦人公論』／『婦人運動』／『現代文藝』／『文章倶楽部』／『むらさき』／『婦人サロン』

『婦人世界』／『文學界』／『文藝春秋』／『熱風』／『東京朝日新聞』／『東京日日新聞』

『讀賣新聞』／『大陸日報』（バンクーバー）／『京城日報』（京城）。


資料閲覧に関し、浦野利喜子氏、大和田茂氏、新宿歴史博物館、北九州市立文学館、昭和女子大学図書館、神奈川近代文学館には、格別の便宜をいただいた。末尾ではあるが、記して謝意を申し上げる。

宮澤賢治　162
宮地嘉六　92
宮嶋資夫　59
宮田麻太郎　73, 157, 167-168
村木源次郎　68-69
村山槐多　10-12
村山知義　66
望月百合子　7, 129, 148, 151-155
百瀬晋　31 ～ 32
森野鍛冶哉　91
森三千代　91

ヤ行

山川景太郎　83
山崎寧　120
山田やす子　148, 152-153
山本虎三　98 ～ 99, 104-111, 146
吉屋信子　129
與田準一　92
除村ヤエ　91
楊智景　153

ラ行

林語堂（リン・ユウタン）　137
林献堂（リン・ケンドウ）　152-153
林攀龍（リン・ハンリュウ）　152-153
魯迅（ロジン）　125, 137, 149, 152, 158

ワ行

涌島義博　127
和田久太郎　66-70, 146, 172
渡邊渡　3, 59, 73, 75, 84,

東儀鐵笛　178
土岐哀果　13-14
友谷静榮　64-66, 68, 73, 177
桃中軒雲右衛門　153

ナ行

中原淳一　129
仲町貞子　91
南江二郎　91
新居格　137-138, 149
西村陽吉　162
丹羽文雄　129
昇曙夢　92
野村吉哉　10, 29-30, 58-59, 72-75, 77-78, 80-82, 88-89, 90-94, 97, 116, 174, 177-178

ハ行

萩原恭次郎　10, 25, 85-86, 92
白楽天（ハクラクテン）　121, 127
橋爪健　64-65, 72
長谷川時雨　127
英美子　91
波場直矩　93
林キク　20, 28, 51, 67, 92, 157, 167
パール・バック　137
平塚雷鳥　121
平林たい子　8, 72, 74-75, 82, 98-102, 104-106, 109-111, 126, 162, 173
平松勇　93
深尾須磨子　91
福田正夫　91
福田雅太郎　59, 66, 68-69, 177
藤田嗣治　151
古谷綱武　92
碧静江　91
彭華英（ホウ・カエイ）　148, 152
朴烈（パク・ヨル）　49
細井あや子　92
堀江かど江　148, 152-153
堀切利高　31-32

マ行

槇本楠郎　92
松岡虎王麿　58
松尾邦之助　70-71
松崎天民　153
松下竜一　66
松平容保　132
松田解子　92
松本淳三　83, 85-86
三上於兎吉　4-5
三木清　118
水谷まさる　91
水谷八重子　170
峰専治　91
宮崎九六　82, 85-87
宮崎光男　64-67, 69-71

管野すが　51
神戸雄一　3, 92
北林透馬　91
北原鐵雄　69
北村佳逸　150
北村兼子　129, 148, 150-155
北村龍象　150
キム・ジソプ　150
木村時子　59
楠本寛　127
久保卓哉　138
黒岩比佐子　32
黒島傳治　10, 85, 87
嚴基權　70
元稹（ゲンシン）　121, 124-125, 127
小出朋治　119
幸徳秋水　157
小林多喜二　162
小林正雄　173
小堀甚二　106
小松隆二　66
小山宗祐　117-118
近藤憲二　69
近藤典彦　13

サ行

蔡阿信（サイ・アシン）　148, 152
堺利彦　31-32
佐藤剛生　84, 87
沢井喜三郎　20
篠原雅雄　92
島村抱月　121
清水暉吉　92
城夏子　126
白仁成昭　121
鈴木悦　120-121
鈴木庫三　131-134, 136
鈴木健吉　93
住田睦風　93-94
関根喜太郎（荒川畔村）　162
芹沢光治良　126

タ行

高橋掬太郎　91
高群逸枝　91
高山京子　26
橘あやめ　127
橘宗一　66, 127
田辺若男　13, 58-59, 65-66, 170
田村俊子　120-121, 127
近松秋江　23-25, 56-57, 65, 173
千葉龜雄　79
都崎友雄（ドン・ザッキー）　64-65
辻潤　5, 7, 59, 73, 85
壺井繁治　10, 59, 83, 85-89
坪田譲治　91
手塚緑敏　158
寺島珠雄　58, 65-67

甦る放浪記・人名索引（林芙美子は除く）

ア行

秋田雨雀　47
アンデルセン　90-91
芥川龍之介　69-70
飯田徳太郎　85, 104, 106, 109
生田長江　176
生田花世　148, 152
池田斉彬　134
石川三四郎　4-5, 7
石川啄木　8-15, 112
五十里幸太郎　31, 59, 64-65, 68-69, 177
板垣鷹雄　162
板垣直子　35, 72, 98, 162
市河彦太郎　126
伊東憲　92
伊藤野枝　66, 121, 127
伊奈利治　93
岩田宏　78, 82, 97
上野山清貢　65, 172
内山完造　138, 149
内山基　128-131, 135, 137, 139
内海正性　65
梅月高市　120
エノケン　115
遠藤榮　93
大隈敏雄　91
大澤正道　177
大杉榮　58-59, 66, 69-70, 127, 162, 176
大槻憲二　91
大原暢夫　85
大谷渡　150, 152
岡田龍夫　66
岡本潤　59, 63, 65
小川未明　64, 92
沖野岩三郎　93
奥むめお　57, 67
尾崎翠　127, 162
尾崎一雄　91
尾崎喜八　91

カ行

片岡鉄兵　59
加藤四郎　82
金児農夫雄　73
金子ふみ子　49, 51-52
金子光晴　91
蕪坂蜷　93
川端康成　63, 113, 115
神崎清　131-132

廣畑 研二（ひろはた・けんじ）
1955年生まれ。東京都立大学法学部卒。日本近代史研究者。
社会運動史、移民史、特高警察資料史、政治裁判資料史等を専攻。
著書：『水平の行者 栗須七郎』（新幹社）、『林芙美子 放浪記 復元版』（論創社）等。
編著：『戦前期警察関係資料集』第Ⅰ期・第Ⅱ期各4巻（不二出版）、『中濱鐵 隠された大逆罪』（トスキナアの会）等。

甦る放浪記 復元版覚え帖

2013年10月15日　初版第1刷印刷
2013年10月30日　初版第1刷発行

著　者　廣畑研二
発行者　森下紀夫
発行所　論 創 社
東京都千代田区神田神保町 2-23　北井ビル
tel. 03（3264）5254　fax. 03（3264）5232　web. http://www.ronso.co.jp/
振替口座　00160-1-155266
装幀／宗利淳一
印刷・製本／中央精版印刷　組版／フレックスアート
ISBN978-4-8460-1278-6

虐待と親子の文学史◉平田厚

文学作品にあらわれた虐待と親子関係の描写を通して日本の家族像の変遷をたどるユニークな文学史。身体的・性的・心理的虐待、ネグレクト……家庭内虐待は、近現代文学の中でどう描かれてきたのか。　**本体 2400 円**